BELDEN BOY SERIES

The Adventures
of
Peter McDugal

P.J. HarteNaus

 **Whistleslick Press**

BELDEN BOY SERIES
The Adventures of Peter McDugal

Copyright © 2016 by P.J. HarteNaus.
First Printing, 2008

Whistleslick Press™

ISBN: 978-0-9969328-0-6

Library of Congress Control Number: 2015956439

This book is printed on acid-free paper.

Dear Reader,

Long ago, the small mining town of Galena sat nestled on the riverbanks of Northwest Illinois. A bustling center of trade in the 1800s, Galena boasted its share of miners who searched for lead and steamboat captains who regularly navigated the Mississippi waters. It was also the home of the famous Civil War General who became our 18th President, Ulysses S. Grant.

Even longer ago, hundreds of thousands of years to be exact, melting glaciers from the northern hemisphere pushed down across North America and flattened the land in their path. But the corner where Illinois, Iowa and Wisconsin meet was left untouched, a driftless and unglaciated area. The result was the beautiful Mississippi

Valley with rolling hills, bluffs and outcroppings of rock ledges.

Tucked away in these hills, miles from the town of Galena, families in the 1800s lived and loved each other as they worked their farms. Life was simpler back then, and children found time to play by creek banks after learning their lessons. But hard work was also necessary and that meant chores both on the farm and at school. The one-room schoolhouse was the center of their lives. It was there that local people voted in elections and made decisions on hiring teachers or purchasing goods for the school.

This story is about two little boys, Peter McDugal and Franky Olson, who lived on family farms in these Galena hills during the 1880s. In a one-room rock schoolhouse named Belden, they learned many of the same growing up lessons as today's children—especially about friendship, loss and responsibility. Peter and Franky may have lived long ago, but some things never change.

~P.J. HarteNaus

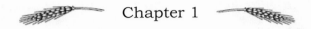

Chapter 1

WINTER MORNING

"Aw, Ma, do I gotta go to school today? What with all that new snow last night, I might never make it over the hills! And anyway, Ma, I'm behind on my chores. Can't I stay home and get caught up? Please?" Ma don't answer right yet, but I know she's thinkin' about what I said.

Ma just finished making my favorite buttermilk pancakes with sausages. The kitchen smells cozy and I don't wanna leave. Looking out the back door at all that deep snow, I'm thinkin' I could go sledding after my chores are done if Ma lets me stay home.

"Ma, I'm guessin' that no one is goin' to school today. A person could get stuck out there real easy," I tell her, hoping she'll see it my way. Maybe our teacher is stuck in a snowdrift right now! Well, maybe.

"No, Peter. School is waiting for you. Go through the woods. Your pa says there's less snow there." Ma's voice tells me her mind is made up. There'll be no more talking about it.

I grab my dinner pail and leather strapped book and head out the back door. As I step on that creaky ol' back step, I cover my eyes. It's blinding bright outside and awful cold. The new snow covers the Galena hills like one of Ma's heavy quilts. I'm wishing I was still in bed under the quilt she made me last Christmas!

Well, I'm guessin' I better head on out and make my way towards Belden School.

Chapter 2

BELDEN GREETING

Trudging through the snow, my boots barely make snow prints 'cause the deep crust is so frozen. I'm feelin' like I have potato sacks on my legs as I go up one hill and down the other. I'm wishing there weren't so many hills and valleys!

My legs are getting achy, and my fingers and toes feel as numb as my head did last summer when my pal, Franky, hit me with a stick bat. I didn't see it comin', and I'm still not sure if he did it on purpose. Boy, I wish summer was here.

The only good thing about walking to school today is that the snow is so high I can step over the top wire of the fences. Sometimes I feel like a deer when it leaps over the drifts and fences real easy-like with its white tail standing straight up like a flag.

As I come down the hill, I'm hoping no smoke will be rising from Belden School's chimney. I'm thinkin' if Miss Bishop didn't make it through the snow this morning, I could stop at the Kleck farm and visit the twins. I know their pa would let me stay for a spell and warm up.

But jeepers, I can smell the burning oak comin' from the chimney long before I set my eyes on it. I'm guessin' Miss Bishop didn't get stuck after all! And she's not the only one who's waiting. I know Belden School is waiting for me too...like it's alive or something. It's telling me to get inside 'cause there are chores to do. I gotta fetch wood for the stove and crack the ice so I can fill the bucket with water from the spring. If

I don't have chores at home, I've got chores at school. It just ain't fair that I'm one of the oldest! Well, least ways it's warm inside.

 Chapter 3

MY TEACHER

"Good morning, Peter! Come on in. You're the only one who made it all the way to school. The others probably couldn't get through the deep snow and stayed home to help feed their animals. It must have been so hard for you to climb through those drifts this morning. I'm amazed you even tried!" Miss Bishop says, full of energy.

Miss Bishop is purty and has brown curls, but that don't stop her from playing stickball with us outside during recess. She came to teach at Belden School at the beginning of our last harvest. I hear her family lives up Wisconsin way.

I look around but I don't see the Kleck twins, or Franky, or any of my pals. I'm feelin' mighty alone without the others, and my mind gets to wonderin' if I gotta do their school lessons along with mine. I'm wishing real hard I had stayed home!

But it looks like Miss Bishop might have different plans for me. "Peter, come and sit by the stove. Let's chat for a spell," she says as she opens the door to the stove and puts in some of that dry ol' oak Mr. Olson chopped for school last fall. It makes a crackling sound when it hits the fire, and it feels good to be warm again.

I'm surprised when she sits down and puts her feet up, boots and all, on the stove. I try it too, but I gotta move closer. My legs are too short. Then Miss Bishop talks on and on about the snow and how she got to school that morning.

"Mr. Potts brought me over on the sleigh

early this morning," she tells me. "The horses could barely get through. The wind was so cold it stung our faces, but the snow is beautiful, isn't it Peter?"

I just nod.

As she's talking, I'm remembering that Miss Bishop is living with the Potts family this month. I'm feelin' real sorry for Emily Potts. Seeing the teacher all day at school and then having to eat supper with her would be too much for me to take. I heard Ma and Pa say that schools like ours gotta be built near lots of families, so the teacher can stay with different folks during the school year. The more I think about that, the more scared I get. I know my turn is comin' up, and Miss Bishop will be living with me real soon.

"Poor Emily has the croup. She was coughing all night. Her ma and pa thought it best for her to stay in bed today. I think that's wise," Miss Bishop says as she stokes the fire. "Peter, how are things between you

and Franky these days?"

I know why she's asking me that. Franky and I are having a hard time being pals lately. Franky's younger than me, but he's mighty big. His folks' farm is over the hill from our farm.

We only get together at recess. But whenever we play games lately, he tries to steal my pals and get 'em on his side. Sometimes it works. Sometimes it don't. I ain't sure why he pushes me and everyone else around, but when he does that, my stomach knots up inside. I guess we just kind of rub each other the wrong way. When recess comes around, I know it's not gonna be fun, but I can't tell Miss Bishop that. Nope, this is something I just gotta fix on my own. Things at school don't always work smoothly like a greased wheel.

So I say, "Oh, we're fine, Miss Bishop. Nothing I can't handle."

Miss Bishop always tries to make things better for us at school. Sometimes she lets us play longer by the creek or picnic by the ol' oak tree if it's a fine day out. I think Miss Bishop likes teaching at Belden School and cares about all of us, so I can tell this ain't the end of our talk about Franky. Yep, like spring frogs jumping in the creek, I can count on hearing about Franky again.

Miss Bishop keeps right on talking about the cream-colored baby calf over at the Potts farm, and the vegetables she wants to plant in back of the school this spring, and what she was planning for us today. When she says "planning", though, I get to worrying again. Is she talking about lessons?

"Peter, after you warm up, why don't you head on home? I'm sure there are plenty of chores for you to do, and I don't think any of the children will come by today. Do you think that would be fine?"

"Would it ever! I mean, yes, Miss Bishop, ma'am. I have plenty of chores to do at home. Th...thank you, Miss Bishop," I say, stumbling over my words and stumbling out the door at the same time. I'm also thinkin' I can head over to visit with the twins and maybe go home the long way by the frozen creek. By then, Ma should be making Pa a hot meal, and I can walk right in, sit down, and...

"Go directly home, Peter," Miss Bishop stops my day dreaming in its tracks. How'd she know what I was thinkin'? But, as I walk out the door into the blinding snow again, she looks at me and winks. "And don't forget to go sledding after your chores are done. Have a good day!"

I climb out of the valley and up over the hill with those potato sack legs of mine. Then I turn to look back at my schoolhouse. With smoke comin' out of the chimney and dry oak stacked on the side, Belden School seems to be winking at me, too. It's saying, "I'll be here tomorrow, Peter...waiting for you!"

13

A Busy Spring

I like spring best 'cause of all the sweet smells in the air. It feels like every season has a different smell, but spring is sweet. Pa says spring rains splash the hills to wake 'em up after winter....like washing your face after a long night's sleep.

Spring is a busy time on our farm. Everything is fresh and new. I help Pa and Ma harrow the fields back and forth to make the soil smooth. The soil smells so good after turning it up and planting that I could almost eat it. Pa's horses get excited, too. They toss their heads as they pull the plow through the fields.

I use the hoe and make the furrows ready to sow seed. My folks need me to help get the soybeans, corn, potato plants and peas in the ground. We sow the grains in the field so we will have food for us and our animals come winter. I know it's a long way off, but we gotta think about the season comin' up.

The birds are making their nests with anything they can find in the fields. I even saw a baby fawn the other day peeking at me through the woods. All the plants and animals seem happy now that spring is here.

There are things I wanna do, now that it's warm! I wanna cross that creek over by Belden School. It's running high and fast from the melted winter snows, but I bet there are lots of frogs over there to catch. I also wanna visit the Kleck farm 'cause they always have spring calves in their barn. I can't wait 'til I have my own someday.

Spring is fun in the Galena hills except for the rattlers. We gotta wear tall boots when we're walking to school 'cause them snakes come out of the hills to lay on the rocks and get warm in the sun. They slither in the tall prairie grasses, sneaky-like, and sometimes I don't see 'em. One day, Maggie Brody forgot and left her boots on her back porch. She got bit walking to Belden School and hobbled all the way there crying so loud Miss Bishop thought Indians attacked her or something. Lucky for her the snake wasn't poisonous.

"You've got to wear those boots!" Miss Bishop said to Maggie after she quieted down. Miss Bishop wears boots, too.

Yep, spring is sure busy. Belden School is busy, too! Ma and Pa went to a meeting at school the other night. Folks were making decisions on things I don't rightly understand. They were talking about taxes, teachers, and how to run the school. But I did hear Ma say Miss Bishop is gonna stay another year as our teacher. I like that idea!

Pa thinks that folks sometimes talk real loud at these meetings 'cause they want everybody to hear what they gotta say. I guess they want everyone to know how they feel deep inside about some things.

Pa says they all vote on sundries we need at school. At the last meeting, folks voted to get some new desks and a grand set of maps with the world on it. Pa told me that the desks are comin' into the Railway Depot in Galena all the way from a place called Battle Creek in Michigan. I'm guessin' our school is gonna be just about the finest one around!

I heard Ma and Pa talking about how our rock school is different from the log or wood ones folks usually build. Pa said that Grandpa McDugal helped haul limestone from the Galena hills for the walls of our school. He told me about how, a long time ago, men would crush and boil limestone to make mortar. Then they would set the rocks on top of each other.

When they finished building the schoolhouse, the folks around here named the school after one of the first settlers in the Galena area. His name was Thomas Belden. His son is a grown man and he helps take care of the school by bringing us cords of wood or whatever our school needs. I've heard Pa call him Napoleon. I'm guessin' he probably feels proud-like since the school was named after his pa.

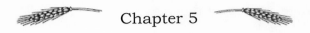

Chapter 5

NOT FEELIN' GOOD

Me and Franky got troubles, and it ain't getting any better. The other day at recess time, I thought I'd go play by the creek with my pals. The creek always makes this gurgling sound like it's telling you to come and play. Sometimes I think I hear it say, "Come on and stay with me. Forget goin' back to school for the rest of the day." That creek makes it real hard for me not to listen to it, especially when it's nice outside.

Anyway, me and the Kleck twins like goin' down there to see if there's any frogs we can catch. There's a big ol' tree lying across the creek, and we have fun jumping on the trunk and walking from one side to the other. But instead of catching frogs that day, Franky got all the boys to play a stickball game out in the field instead. He got to choose the kids he wanted on his team like big Joey Walker and Billy Kern, who's fast as lightning! I was the last one to be picked. The Kleck twins picked me, and so I went on their side.

Well, I was up to bat, and all my pals were watching. The girls were standing on the side watching, too. I swung, missed, and Franky laughed. I tried to hit the ball again and missed. Franky laughed even louder. When I missed it a third time, Franky got everyone to laugh. Then he ran up to me and shoved me down so hard my head was spinning.

Everyone was still laughing when I looked up and saw Miss Bishop watching me from the school door. She looked real sad. I just wanted to run to the creek, jump in, and hide! Feelin' like a darn fool, I got up instead and ran past Miss Bishop into school. I crawled into my seat and wrapped my arms around my head. I didn't know what else to do.

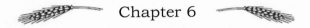

Chapter 6

THE CONTEST

Even though it's spring, I've got chores waiting for me every day, at home and at school. The first thing I do at school each morning is open the shutters on the outside of the windows so the light can come in. I use a pole to help me since them windows at Belden are so high. Then I fetch water from the cold spring across the creek that's always talking. All my pals put their dippers in the bucket when they want a drink of fresh water, so I know they're counting on me. At the end of the day, Miss

Bishop cleans the slate board with the drinking water that's left in the bucket. I'm glad it's getting warm and I don't gotta carry in firewood. That's one less chore to do.

Some days ago, when I was on the way back to my seat after putting a full bucket of water down, Franky tripped me as I walked by his desk. I fell down, hitting my head hard on the iron desk leg, but no one saw that happen. Darn! I've gotta settle this with him once and for all, but I ain't real sure how to do it.

This morning, Miss Bishop asked if anyone wanted to help make new erasers. She has all the pieces she needs to put 'em together. Mr. Studier gave her some sheepskin, and Miss Bishop already had tacks and small cut boards. I saw our ol' teacher, Mr. McHugh, make 'em once. He wrapped the sheepskin around the board and tacked it on. I was thinkin' this could be fun, so I raised my hand, but Miss Bishop picked Maggie Brody instead.

Then Miss Bishop told us that a big store in the city—Sears, Roebuck and Company—is having a writing contest. They are asking school children to write an essay saying why they would want a flock of sheep of their very own. Miss Bishop says to think about it long and hard, and I will. Jeepers, who wouldn't want a flock of sheep? This contest might be real easy, and I can't wait to start writing!

I recall Pa saying that folks are trying to raise more sheep on their farms in Galena. We've already got lots of cows, pigs, chickens and goats living here.

I can't stop thinkin' about this as I run up and down the hills on my way home. Huffing and puffing, I finally reach that creaky ol' back step and open the screen door. I grab a warm sugar cookie and a glass of milk, and then sit right down at the wooden supper table...still out of breath. Ma asks me to get right to my chores, and I tell her I will real soon, but I have schoolwork to do first. She looks at me funny-like and shakes her head. I guess she's not used to me doing my schoolwork lickety-split. During planting and harvest season we don't have schoolwork 'cause we've got work on the farm to do. And even when we do have schoolwork, I can't say I hurry to get it done. Tonight's different, though.

I find the backside of an ol' paper and start to write about why I'd like—no, why I'd *love*—to have a flock of sheep. Well, just thinkin' about it, makes the reasons fly out of my head and on to that paper! I can see it now. I'd be "King of the Hill" if I won that flock of sheep. The others would get out of my way when I herd my flock of sheep to Belden School. Maybe Miss Bishop would let 'em graze outside during the day, while I'm inside workin' on my lessons. Later, when my ewe has baby lambs, I'd give one to Miss Bishop and everyone in my class....except Franky. Franky would be so red in the face when he saw I was now "King of the Hill," that maybe he'd leave me alone.

Well, the first thing I do the next morning is put my essay on Miss Bishop's desk. I must be grinning ear to ear, as Ma would say. I'm so excited! I think Miss Bishop is real excited for me, too. All I know is I want that flock of sheep! Maggie Brody, the Kleck twins, big Joey Walker and the rest of the class hand in their essays, too. Everybody except Franky. He never does his schoolwork!

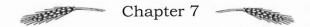

Summer on the Farm

Summer is really here. The days are long, and it's so hot we all play in the creek at recess. Miss Bishop comes out every day and says not to, but, most times, she's too late 'cause we're all dripping wet. It don't feel good being damp the rest of the day while we're reading and writing. It don't smell too good either.

There's a new rope swing hanging from the branch of the ol' oak down by the creek. The folks wanted Franky's pa to put up a swing for the children since Franky broke another window at school and his pa couldn't rightly pay. Franky helped his pa some to put up the swing and then got a licking when he got back to his farm.

The crops are comin' up real good now 'cause of the warm sun and spring rains. There ain't a lot of work to do in the fields but cut the weeds down between the rows of corn, beans and peas. I help Ma in her flower and vegetable gardens. She grows herbs for our food and is the best cook from here to Galena. Leastwise, that's what Pa says. Ma bakes delicious breads and pies. Once, she entered her raisin pie in the country fair and it won first place! Pa said he knew she would win.

When it gets real hot, Ma makes our meals in the summer kitchen. That's the shed Pa built behind our house. She cooks there in the summer so our house don't get hot like the insides of a tin can.

I do chores on our farm after school now, when it's not so hot. I roll up my sleeves and get goin' as fast as I can, all the time thinkin' about that flock of sheep I'm gonna win. I'm also thinkin' that some of the hay I'm making with Pa will help feed 'em over the winter. I can't wait to find out if I'm the winner of the essay contest. Miss Bishop says we'll find out before our harvest.

Ma has me pick wild blueberries and huckleberries on the hill behind our farm. She uses 'em in her pies and pancakes and then cans the rest for those long winter days when I'm wishing I was down by the creek again. I eat almost as many as I pick, but I know if I bring back a full pail of berries, Ma will let me go fishin'.

Today, I grab my pole and then run over the hill and through the valley to the Kleck farm pasture. I'm hoping maybe the twins can go fishin' with me at the pond. But their pa says they got too many chores to do in the field, so I go fishin' alone.

Heading over the hill down Long Hollow Road, I remember what Pa said about our land.   Long ago, this hill was the burial ground for the Fox and Sauk Indians who once lived here in bark houses. Just like us, Indian children had families with grandparents, ma's and pa's, and brothers and sisters. They didn't go to Belden School, but they learned important things from their parents and elders. They also did chores, played games, and probably had friend problems like I do with Franky.

I have a hard time seeing 'em living on our land and farming it, or goin' to school like I do.   But Pa said, no, that's not the way it was. He said the Indians hunted for food, picked berries, ate meat, and went fishin' just like us. But they didn't grow corn in the same way we do on our farms.

Miss Bishop told us once that the Indians burned prairies 'cause fire gives the land new life. Pa said the Indians took good care of the prairies 'cause they believed that no one owned Mother Earth. That's what they called the woods, prairies, fields and skies—Mother Earth. I like that name. Pa thinks, like the Indians did, that we're here to use the land in a good way. If we do, then the prairies will feed our children someday.

I think I understand now that no one really owns the land. Pa sure does know a lot!

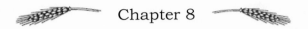

Heading into Town

I like goin' into Galena town with Pa especially in summer. We hitch up the horses and ride along Stagecoach Trail. From what folks around here say, Galena is famous 'cause of its lead mining.

When we get into town, Pa visits with some men folk down by the Blacksmith Shop. He talks to 'em about forging tools for the farm and some other things I don't rightly understand. Besides, I'm thinkin' about more important things like maybe goin' to the general store for some candy.

Pa always buys me a peppermint stick there. In hot weather, peppermint tastes mighty good. He might pick up some sugar and flour for Ma. Sometimes he surprises her with calico fabric and ribbon so she can make herself a new dress.

Before we leave town, Pa takes me down to the Galena River so I can see the steamboats come in. The boats are mighty big, with paddlewheels behind 'em. The boats go back 'n forth down the river on their way to the big Mississippi. Sometimes they unload lots of crates, and I wonder what's inside 'em. We watch as ladies and gentlemen in mighty fine clothes come down to the docks, waiting for their freight to be put on their wagons. Purty horses and cows also come to Galena from far away on these boats, and I wonder if my sheep will come here on boats like these.

The captains of these boats look mighty fancy, too, in their blue coats and hats with gold braid. Pa says some of those captains live up in the hills behind Galena town. I look up into the hills from the dock and see big houses with lots of porches and a tiny room at the very top, almost like a church steeple. Pa laughs and says, "No, Peter, that's not a church steeple or even a room. It's a walkway so the family can see the boats coming up or down the river."

The big houses are made of red brick and stone, and some have those white wooden towers on top. I get dizzy looking up, and finally Pa says it's time to go. Horses and buggies, people calling loudly to each other, and dusty streets make Galena a busy place.

We head out of town towards our hill and then down into our valley home where it is quiet. On the way, Pa talks about General Grant. He says he came to Galena on a steamboat to work at his pa's tanning company and then left Galena to become a General in the Civil War. I guess Galena is proud 'cause it had twelve generals in that war. Some live here still. Anyway, Pa tells me General Grant came back to town after the Civil War and the town just up and gave him a house on a hill! I guess the folks in Galena were mighty proud of him and wanted to show their appreciation. I heard Pa tell Ma that General Grant went on to become President of the United States. Imagine that!

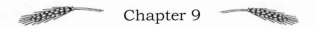

Chapter 9

THE WINNER

One day, it finally happens. Miss Bishop says she received a letter from the Sears, Roebuck and Company. She's planning on telling us after we eat who won the contest.

I grab my dinner pail and go sit on an ol' hickory stump with the twins. I know Ma has packed my favorite biscuits and gooseberry jam, but I don't pay much mind to what's in my pail. I'm too excited. We all talk about what we'll do with the flock if we win. I guess Miss Bishop made Franky do the essay anyway 'cause he's been saying he'll sell 'em at market if he wins and make lots of money. When I told him the plan is to raise sheep on the farms in Galena, he said he don't care 'cause he don't like sheep anyway.

I can't sit still waiting for the news, so I run back to my desk and sit on my hands. It seems to take forever for Miss Bishop to open the big brown envelope and pull out that letter. She starts to talk about how proud she is of everyone for writing an essay. Then she says she knows everyone tried their best and really wanted to win. Miss Bishop hopes we give the winner a pat on the back and say we're happy for 'em. I look over at Franky, who has this "I don't care" grin on his face. I quickly look back at Miss Bishop 'cause she finally stopped talking.

My heart starts racing as I hold my breath. I watch her fingers open the envelope. I can hardly wait. Seems like her words are comin' out slow as molasses, but then I hear her say, "The winner of the contest is...is...Peter McDugal!"

Everyone turns to look at me and stare. First one person claps, then another claps, and another, 'til everyone in the room is clapping for me. Everyone except Franky. Right then it hits me like a lightning bolt. I won!

Miss Bishop is so excited for me. I kind of wonder why, but then I remember that Miss Bishop always likes to make us feel good about ourselves. And she knew all along that I'd write one good essay 'cause I really wanted that flock of sheep. Why, I won fair and square!

Now, if I could only fix what's broke between me and Franky. Well, I'll work on that later. Right now, I'm looking forward to having my own flock of sheep. I'm gonna have a lot of work to do, but I'll have time now that school will be out for a spell. What with helping Ma and Pa with the harvest and workin' with my sheep, I'm

44

gonna be the happiest boy alive!

What seems like a month of Sundays later, my sheep are special delivered in a big wagon by a city-looking man. Pa greets him down by the farm gate as he leads a ewe, a ram and a few young sheep out of the wagon. The man says, "I'm looking for Peter McDugal. I've got a special delivery from the Sears, Roebuck and Company, and it's *hungry*!"

The sheep are all real purty and fluffy white, especially the ram. He has a black face and looks like he's the master of the flock. The Kleck twins come over right away to see my special delivery flock. The other kids stop by after they're done with their harvesting chores. Even Miss Bishop comes to visit. But not Franky.

My flock takes a lot of hard work, and Pa helps me when he's able. I've gotta feed 'em, clean their pens, wash their wool, shear 'em, and put 'em out to graze. I also gotta keep watch for coyotes. Coyote like to kill sheep and that scares me, so I stay with 'em all the time. But I'm not sure what I'm gonna do when school starts again.

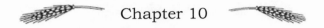

A Surprise in the Field

"I can tell fall is coming," Ma says one day. I think she's right. The hills are turning a yellowish-orange color. The nights are cooler. And Pa is putting in his bid to do some work at Belden School. A special school meeting was called the other night. Folks were asking for someone to whitewash the school, clean inside, and sweep out the chimney and stovepipe for the winter. Pa asked for less money than the others, so he got the job. Maggie Brody's pa is putting on new shingles since some of 'em blew off in a storm last spring. Mr. Kleck got the job of putting together new school desks. I think Pa is gonna help him 'cause he's gotta haul 'em all the way from the Railway Depot in Galena.

I'm thinkin' I'm mighty proud to go to school at Belden. It seems that all the families in our Belden community pull together to make it the finest rock schoolhouse in this tiny corner of Illinois. I know where we live 'cause we looked at it on the big map in school!

Yesterday, I was walking over the hill to the Berloff Farm to help ol' Mr. Berloff with his cows. He fell and hurt his arm, so I've been milking his cows. I hated to leave my flock since I'm "King of the Hill" now, but Ma and Pa said I had to go. As I was crossing the creek and comin' around the ol' oak, some turkeys came at me from the other side. They scared me out of my wits, squawking the way they do. But then I got to daydreaming about how good they're gonna taste at Thanksgiving time with Ma's cranberry sauce and Grandma McDugal's sausage stuffing! I can't wait 'til Pa brings one of 'em home. My mouth is watering already.

Well, as I was comin' out into the field, the grasshoppers started popping up everywhere and jumping in my hair. Then, I heard the hum of crickets and something else...a crying-like noise. I was searching all around the wheat field when I finally saw the top of somebody's head sticking out of the prairie grass and rocking back and forth. I got a little closer and looked down at a face that was all scrunched up in pain. It was Franky. He was holding his foot, crying and whimpering like a baby. His face was so scrunched up, his eyes were shut tight. But when he took a breath so he could start crying again, he looked up and saw me standing over him. I can tell you he was purty darn surprised to see me!

"Franky, why are you carrying on and

crying like that?" I asked, but he just cried louder.

Then, with his next big breath, he yelled "I twisted my darn ankle in one of those ground hog holes. It hurts, Peter, real bad!"

He was bawling like a baby thinkin' nobody would find him before dark. I'm guessin' he was just plain scared. But he also wasn't thinkin' I'd be the one who'd come along and find him laying out here.

"Franky, I was on my way to help ol' Mr. Berloff with his cows. Stay put, and I'll run over to Belden School. Maybe my pa is there doing some work. Don't worry. I'll help you, Franky!"

I wanted to let him know I was his pal. And besides, Ma and Pa always told me to help folks when they're in trouble. "I ain't goin' nowhere, but hurry. It hurts something terrible," Franky said while making those crying-like noises in his throat again. I don't understand it. Franky is always so tough and bossy. Why, I'd never

seen him like this. He couldn't even catch his breath 'cause he was crying so much.

I ran as fast as I could over the hill, 'til I saw Belden School in the valley. It sure was a welcome sight. Pa and some of the neighbors were doing work there. It looked like our school was getting a new set of clothes. Mr. Brody was putting on shingles. Mrs. Schown was inside cleaning. Mr. Kleck was stacking cords of wood, and Pa was cleaning the stovepipe. I wanted to stand there and watch everyone do their share of chores, but I had to hurry.

I told Pa what happened, and he and Mr. Brody got the horse and wagon. Then we headed, lickety-split, back over the hill to where Franky was still sitting in the grasses. He was rocking back and forth, holding his foot, and crying again.

The men picked up Franky and put him on top of some ol' blankets to soften the bumpy wagon ride. When we got to Franky's farm, his ma and pa were there to take him inside. He sure did get scolded 'cause he was supposed to help his pa harvest their north field, but he ran off instead. Franky's ma tended to his ankle with liniment and a wrap, while his pa watched him with his arms folded. I think Franky's in a heap of trouble again.

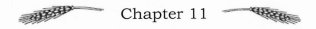

Chapter 11

AN UNDERSTANDING

Today, I'm out with my flock and guess who comes hobbling over the hill? Yep! Franky. It turns out his foot ain't as bad as he thought. But it's still sore, he says. I'm thinkin' he was more scared of not being found 'til morning and having to lie there in the dark listening to the night noises.

"My ma told me to come over and say thanks for finding me yesterday. You know, I was ready to get up and walk back home, but when I saw you comin', I thought I might as well just take it easy-like and wait for a wagon ride. But I'm obliged, Peter, just the same."

Now, I know he's telling a big fib, 'cause he sure was hurting yesterday, and I saw him crying something awful. But I guess he felt he had to say that so he'd feel better. And that's all right with me. I know he's not as tough as our pals think, and he knows that I know the real story. It's like we have a secret tying us together with rope. We don't gotta talk about it or fight it out, but we both know the truth.

Well, for the rest of our harvest time, Franky has been comin' over to help me with my flock when he ain't workin' with his pa. Come spring, my ewe will be having some baby lambs and then there's shearing time. I'm real excited and so is Franky. He asked if he could have a lamb next spring and I said, "You bet!"

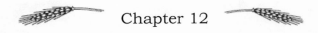

Chapter 12

PALS

Fall is here and we're all together again at Belden School. The schoolhouse looks real happy to see me and my pals. It always seems to come to life when we're playing outside, or we're sitting inside its walls workin' on our lessons. I'm real glad to see my pals again, too, including Franky.

Miss Bishop is standing at the door greeting all of us. I know she's comin' to stay at our farm for the fall. But I don't care 'cause I'm real glad she's teaching at Belden School again this year. She's got a big smile on her face when me and Franky walk past her talking about my flock.

Boy, oh boy, Belden School looks real nice inside and out! Our folks did a good job. The school is whitewashed and the new desks are waiting inside for us. The newly shingled roof will keep us dry in spring. I can see that cords of wood are stacked on the side of Belden, waiting for me to bring inside during the cold winter.

I put my dinner pail in the freshly whitewashed cloakroom and then walk across the creaky wood floor to my new desk in the back of the room. It smells clean inside like soap on a Saturday night. The big flag hangs on the wall, proud-like. The slate board says "Welcome Back" and the new erasers are sitting on the ledge.

Just as I'm looking around at all the new things in our school, I hear Miss Bishop say, "Peter, don't forget to fetch water from the spring and stack the firewood, please. Franky, could you help Peter with the school chores this year?" Franky nods his head and smiles. Yep! It's good to be back at Belden School again!

THE STORY BEHIND THE STORY

Belden School is still very much alive in the hills of Galena. It was lost to the woods that grew around it for decades, waiting to be discovered.

A few years ago, I was asked to research its history and try to revive this hidden treasure. As a teacher of Social Studies and Literacy, I couldn't wait to interview local neighbors who were once students at Belden School and pour through numerous books about Galena's history.

During this journey, I met a local

historian named Bob Kleckner, who had many long-ago tales to tell. He presented me with two Belden School journals he had saved that contained records of meetings, elections and purchases dating back to 1873.

I dedicate this fictional story to Belden School, in the hope that the stories of those who spent their childhoods within its walls will survive. I respectfully acknowledge Mr. Bob Kleckner, whose spirited stories and guidance brought this book to life.

I also want to acknowledge the work of the Belden School Committee, which had the daunting task of raising funds for its restoration and keeping the invaluable lessons of our past alive for future generations.

May we preserve and protect our heritage always.

~P.J. HarteNaus

Belden School in the hills of the Galena Territory
long ago

Belden School today...restored and open to all who want
to learn from the past

Belden students circa 1920

2016: A new generation learns lessons in the
restored Belden School

Record of Special Election.
(State of Illinois.)
Guilford March 27, 1886.

The legally qualified voters residing in District No. Five in Township No. 28 N. Range No. Two East in Jo Daviess County, and State of Illinois, pursuant to notices given as required by law, held their Special Election at the School House in said District on Saturday the 27 day of March 1886. for the purpose of electing for this said District one Director to fill the unexpired term of John Schuk whose office expired at the Annual District Election 1887 occasioned by his removal from said District.

J. Henry Sale,
Conrad Balbach,   acted as Judges,
William A. Stiidier, as Clerk of the election. The polls were opened at 4 o'clock P. M., and closed at 6 o'clock P. M., according to the notice given as above stated.

Jams Sheridan having received a majority of votes cast for the unexpired term, was declared duly elected School Director of the said District for one year and one month, to fill the unexpired term of John Schuk whose office expired at the Annual District Election 1887 as above stated.

J. H. Sale
                    Conrad Balbak
                              Judges.
      William A. Stiidier. Clerk.

1880s record of a special election at Belden School

66

The accounts of expenditures should be audited on the first day of each successive month, or at least as often as on the first day of each succeeding three months, and the amount paid by the Treasurer. The payment should be properly acknowledged at the bottom of the payment.

DATE			DESCRIPTION OF ITEMS OF EXPENDITURES	AMOUNT	
Month	Day	Year		Dollars.	Cts.
June	5	1886	for Crayon	—	25
"	"	"	Sundries for School.	—	60
"	"	"	to pay for School Desks, to Union School Furniture Co. Battle Creek, Mich.	90	00
"	"	"	To James H. Sale for hauling and puting up School Desks.	5	00
"	"	"	Wm. A. Studier for hauling and puting up School Desks.	5	00
June	10	"	" Teresa E. Krengel for teaching—i.M.	20	00
July		"	" " " from		
			June 7. till June 30.	15	00
Sept.	11	"	To Teresa E. Krengel for teaching		
			from July 1. to September the 6. 28 days	25	00
October	2	"	To Wm. A. Studier to pay for two rear seats	7	00
"	"	"	Daily Register.	1	00
"	"	"	Crayon.		25
"	"	"	for Sundries for School.	—	30
"	22	"	For six cord of good drey oak wood at $2.80 per cord. to mine own	16	80
Novemb.	11	"	Mr. J. Mc. Donald for sawing six cord of wood at 75¢ per cord.	4	50
"	13	"	To pay freight on School Maps.	—	75
"	"	"	Fitting Slot firt.	—	30
"	"	"	Crayon.		25
"	"	"	Sending Order to Thomas ... Co Chicago.	—	5
"	"	"	One Window glass		10

1880's listing of items purchased for
Belden School

天才孩子最喜欢的
科学游戏

郭峰◎编著

海豚出版社
DOLPHIN BOOKS
CIPG 中国国际出版集团

图书在版编目(CIP)数据

天才孩子最喜欢的科学游戏/郭峰编著 . —北京:海豚出版社,
2010.1

ISBN 978 – 7 –5110 – 0135 – 1

Ⅰ . 天… Ⅱ . 郭… Ⅲ . 科学实验—青少年读物 Ⅳ. N33 – 49

中国版本图书馆 CIP 数据核字(2009)第 205080 号

书　　名:天才孩子最喜欢的科学游戏
作　　者:郭　峰　编著

责任编辑:张菱儿
封面设计:天之赋设计室
版式设计:金畅华达

出　　版:海豚出版社
网　　址:http://www. dolphin – books. com. cn
地　　址:北京市百万庄大街 24 号　邮　编:100037
电　　话:010 – 68997480(销售)　010 – 68326332(投稿)
传　　真:010 – 68993503
印　　刷:北京洲际印刷有限责任公司
经　　销:新华书店
开　　本:16 开(700 毫米 × 1000 毫米)
印　　张:17.75
字　　数:300 千字
版　　次:2010 年 1 月第 1 版　2010 年 1 月第 1 次印刷
标准书号:ISBN 978 – 7 –5110 – 0135 – 1
定　　价:29.80 元

前　言

　　亲爱的青少年朋友们，你们知道我们日常生活中司空见惯的阳光都有哪些神奇的功能吗？你们知道一滴小水滴中蕴含着怎样的科学道理吗，你们尝试过潜望镜的制作吗？你们会动手制造出一架充满个性的望远镜吗？你们知道如何利用家里的土豆制作出一节小小的电池吗？……这些都在本书中有详细的实验指导和通俗易懂的知识扩展，让你们在游戏中轻松掌握那些看起来很难懂的科学常识和基本的科学原理，让你们在小小的年纪就能学到科学素养和学习尊重生活事实，一切都有条理地去做，不会被一些看似神秘的现象迷惑，被不科学的信息扰乱大脑的正常运转。

　　科学，是在一次次的实验中得到确认和发展的。在学生时代，不仅要善于学习，还要善于在游戏中学习，这样才能真正地将自己的乐趣、兴趣与日常玩耍结合在一起，在趣味多多的游戏中，快速地掌握一些生活中常见的科学原理和常识。

　　这些引人入胜的游戏式的科学实验，相信每一位读者朋友都会从中得到很大收获。它们不但有利于提高在学校中的成绩，还有利于在日常生活中利用自己掌握的知识解决遇到的难题。我们相信，在本书的引导下，每一位中小学生读者都有潜力成为我国未来的小发明家、未来的"爱因斯坦第二"的。让我们进入生动有趣的科学游戏世界吧。

编　者

第一章　阳光的秘密

目录

第二章　电的魔力

目

录

第三章　无处不在的声音

目

录

第四章　神奇的磁力

目录

第五章　走进水世界

第六章　好玩的空气游戏

目录

第七章 无穷变化的化学游戏

目

录

第八章　你不知道的人体奥秘

目录

第九章　和动物一起玩耍

目 录

第十章　无声的植物朋友

目

录

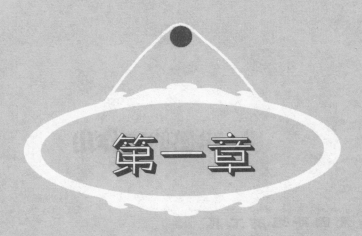

第一章

阳光的秘密

1、水滴的大作用

爱因斯坦的工具

一根铁丝

一本书

一碗清水

一把钳子

实验开始

把放大镜放在书本上，书本上的字体会变大，那么，水也能产生这一效果吗？

1. 用钳子把铁丝一端弯成一个小圆环。

2. 圆环不要太大也不要过小，最好能圈住一个字。

3. 把圆环放入碗内，浸入水中。

4. 拿出来后的圆环上要覆上一层水膜。

5. 隔着这层水膜，看书中的字。

奇妙的结果

水也有放大镜的效果。当把圆环移到书本上的字时，字竟然被放大了。这是为什么呢？仔细观察水膜后发现，水膜中间厚，四周薄，跟放大镜的镜片一样。所以，很容易就把书上的字放大了。

爱因斯坦告诉你

水的张力

　　水的表面张力使水分子之间相互吸引，形成水滴。这种张力使水的表面像一张弹性薄膜，尽可能以表面积最小的形态存在，体积一定时，表面积最小就是球体，因为对于一定体积的物体，球的表面积最小。因而，水分子总是尽量靠拢，从而使表面积缩小，这样就形成圆形，或者说球形了。

　　另外，在日常生活中，我们经常可以看到很多水滴形态。我们知道，小水珠是通过水分子之间的引力形成的，空气中的水蒸气只有在遇到冷空气或是其他冷的物质时才会凝结成水滴。例如，打开冰箱时，你会看到白色的雾气从里面出来，其实，那只是看上去像雾气，实际上是因为空气中的水蒸气遇到了冰箱中的冷气凝结成了微小的水滴；冬天的时候经常会发现水管上布满了水滴，这也是因为空气中的水汽遇到冷水管凝结成了水滴的缘故。

　　有时候你还会发现，清晨在植物的叶子上会有露珠出现，它们没有掉落下来，反而形成水珠聚集在叶子上面。就拿荷叶来说，因为荷叶的叶面上有许多密密麻麻的纤细茸毛，它们每根都含有蜡质，蜡的分子是中性的，它既不带正电，也不带负电，水滴落到蜡面的荷叶上时，水分子之间的凝聚力要比在不带电荷的蜡面上的附着力强。所以，水落到蜡面上不是滚掉，就是聚集成水珠，而不会湿润整片叶子。

2. 光的路线

 爱因斯坦的工具

几张硬板纸

几个用来固定硬板纸的卡槽

一把剪刀

一个手电筒

 实验开始

光线真的只能直线传播吗？来作个小试验了解一下吧。

1. 把准备好的几张硬板纸裁成大小一样的方形。

2. 在硬板纸上的同一位置剪一个小洞。

3. 用卡槽把硬纸板固定好，并把硬纸板排列成相同距离。

4. 打开手电筒，从第一张硬纸板的小孔处照射过去。

 奇妙的结果

当手电筒的光线穿过第一张硬纸板的小孔时，你会发现，光线透过第一个小孔直接照到了最后一张硬板纸的小孔。如果这时候把中间任意一张硬板纸挪动一下，使小孔的位置发生改变，光线就会消失不见。

看来，光线确实是以直线传播的。因此，当硬纸板上的小孔不在一条直线后，光线就无法穿过硬纸板。

爱因斯坦告诉你

光的弯曲

其实，光只有在小尺度的空间里，并且在相同介质中才会完全沿直线传播。如果超出了一定尺度，在受到一些干扰后，光的传播方向就会发生变化，变得弯曲了。

早在 1704 年，持有光微粒说的牛顿就提出，大质量物体可能会像弯曲其他有质量粒子的轨迹一样，使光线发生弯曲。一个世纪后，法国天体力学家拉普拉斯独立地提出了类似的看法。1804 年，德国慕尼黑天文台的索德纳根据牛顿力学，预言了光线经过太阳边缘时会发生一定角度的偏折。但是在 18 世纪和 19 世纪，光的波动说逐渐占据上风，牛顿、索德纳等人的预言没有被认真对待。直到 1911 年，爱因斯坦算出日食时太阳边缘的星光将会偏折 0.87 角秒。经过进一步研究，爱因斯坦终于确定了太阳边缘的光线是有偏折的。

在研究光线有没有弯曲的时候，更重要的是光线到底弯曲了多大的量，这是判别哪种理论与观测数据更相符的重要依据。

光线弯曲的效应不可能用眼睛直观地看到，光线偏折的量需要经过一系列观察、测量、归算后得出。要检验光线通过大质量物体附近发生弯曲的程度，最好的机会莫过于在发生日全食时，对太阳所在的附近天区进行照相观测。在日全食时拍摄若干照片，然后等半年后，再在夜晚对该天区拍摄若干照片。通过对前后两组照片进行测算，就能确定星光被偏折的程度。

光线通过大质量天体附近时，如果没有受到外界干扰，那么，光在大尺度上可以看成是一种直线传播，不过在小尺度上是一种波动传播。

3. 蜡烛的色彩

爱因斯坦的工具

一根蜡烛

一些火柴

一面镜子

一盆清水

实验开始

在雨后，有时候会出现七色彩虹，烛火其实也可以出现七种色彩。

1. 准备一间黑暗的房间，或者是用厚重的窗帘遮挡住照入房间内的光线。

2. 把准备好的清水放在黑暗的屋子里。

3. 把镜子平放在清水中。

4. 拿起准备好的蜡烛并点燃，小心不要被滴下来的蜡油烫伤。

5. 调节点燃的蜡烛和清水里的镜子的距离和角度。

奇妙的结果

当蜡烛和镜子保持一定的距离及角度时，便会惊奇地发现清水中镜子里蜡烛的火焰竟然变成了七彩的。

这种七彩的烛焰是怎么形成的呢？原来，我们日常所见的白色光线，其实是由七种颜色混合而成。当白色光线在水中发生不同角度的折射现象后，便会使七种颜色的光线分散，最后经过镜子的反射，形成了七彩烛火。

爱因斯坦告诉你

天才孩子最喜欢的科学游戏

科学游戏

光的色散

像彩虹或者是七彩烛焰等其实都是光的色散现象。早在古代，人们就通过彩虹认识了光的色散。

虹，是太阳光沿着一定角度射入空气中的水滴所引起的比较复杂的由折射和反射造成的一种色散现象。中国早在殷代甲骨文里就有了关于虹的记载。战国时期，《楚辞》中有把虹的颜色分为"五色"的记载。汉蔡邕在《月令章句》中对虹的形成条件和所在方位作了描述。另外，《礼记注疏》中也粗略地揭示出虹的光学成因："若云薄漏日，日照雨滴则虹生。"说明虹是太阳光照射雨滴所产生的一种自然现象。

公元8世纪中叶，张志和在《玄真子·涛之灵》中第一次用实验方法研究了虹，而且是第一次有意识地进行的白光色散实验："背日喷呼水成虹霓之状，而不可直也，齐乎影也。"唐代以后，不断有人重复类似的实验，如南宋蔡卞进行了一个模拟"日照雨滴"的实验，把虹和日月晕现象联系起来，有意说明虹的产生是一种色散过程，并指出了虹和阳光位置之间的关系。南宋程大昌在《演繁露》中记述了露滴分光的现象，并指出：日光通过一个液滴也能化为多种颜色，实际是色散，而这种颜色不是水珠本身所具有，而是日光的颜色所著。这就明确指出了日光中包含有数种颜色，经过水珠的作用而显现出来，可以说，他已接触到色散的本质了。

所有这些都表明中国明代以前对色散现象的本质已有了较全面的认识，但也反映了中国古代物理学知识大都是零散、经验性的。

4. 立竿见影的计时

爱因斯坦的工具

一根竹竿

一个能固定竹竿的器皿

实验开始

古人在没有具体的时间概念时，会在地上插根竹竿，然后根据竹竿的影子来判断时间。为了了解这样做到底是不是准确，我们可以亲自试验一下。

1. 拿出准备好的竹竿。

2. 用器皿固定好竹竿。

3. 把它们放在阳光下，每隔一段时间就去观察一下，并做好标记。

奇妙的结果

做好标记，在以后的日子里，只要有阳光，你就可以根据你原先做好的标记，准确地知道时间。

原来，由于地球的自转，太阳由东向西转动，因此竹竿的影子也相应地随着阳光移动。只要有阳光，根据竹竿影子的不同方向和长度，就能很容易知道此刻的时间。

爱因斯坦告诉你

古时候的时间测定

原始社会时的人类是用什么方法分辨方向、测定时间的呢？

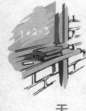

天才孩子最喜欢的科学游戏

科学游戏

像树木、房屋等在太阳光的照耀下出现的影子，人们在生产和生活实践中常常根据这些影子的变化来确定方向，测定时间，或者测定节气乃至回归年的长度，等等。由此可以说，中国最古老、最简单的测量工具"表"，也就是普通的竹竿、木杆或者石柱等物。经过长期的生产实践，人们通过"竿影"的丈量和推导，创造出一套"测量高远术"来，"立竿见影"成了汉语中的一句成语。

《史记·司马穰苴列传》中就有春秋时代"立表下漏"测时的记载。用"竿影"测时法测定中午的时刻精度很高，是中国古代用来校正漏壶计时的主要方法之一。

上古时代，人们"日出而作，日入而息"，共同遵守大自然的规律，以日出、日落为作息的标准时间，相当于把一天分为两部分，这是天然的不等时法。从殷墟出土的甲骨文中可以看到，对白昼各个不同时刻定有不同的名称，例如：旦、大采、大蚀、中日、昃、小蚀、小采、莫、夕等。后来，在夜间有五更五点，即把一夜分为五更，每更分为五点，并形成敲梆报时的习惯。西周时，为了计量时间，根据太阳的周日视运动，把一天分为十二个等长的时段，用子、丑、寅、卯、辰、巳、午、未、申、酉、戌、亥十二支来表示。

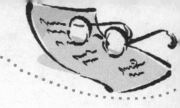

5. 擦皮鞋的学问

爱因斯坦的工具

一双破旧的皮鞋
一管鞋油

实验开始

为什么皮鞋要经常用鞋油擦拭、保养呢？为什么擦过的皮鞋会变得光亮无比呢？首先，我们通过实验先来确认一下是不是真的如此。

1. 把准备好的破旧的皮鞋拿出来，只对其中一只进行操作。
2. 用一块干净的抹布轻轻擦掉皮鞋上的灰尘。
3. 拿出准备好的鞋油，在刚刚除过灰尘的皮鞋上涂上适量的鞋油。
4. 鞋油涂匀后，拿过未经过处理的那只皮鞋，两只进行比较。

奇妙的结果

通过对比可以发现，鞋油擦拭后的那只皮鞋明显地变得又新又亮，而没有处理过的皮鞋则没有任何光泽，甚至还凹凸不平。

原来，没擦过的皮鞋表面是不平整的，光线射在鞋面上就减弱了反射上去的光线的亮度，从而看上去显得没有光泽。而擦拭过鞋油的皮鞋表面被鞋油中细小的颗粒填充，使鞋面变得平整，光线反射增强，看上去就光亮了许多。

科学游戏

爱因斯坦告诉你

光的反射

　　木板用砂纸打磨平整后，先喷涂的是无色的清油漆，过后再喷涂有色的软油漆，干了后就会形成光滑的表面。有些还会打石蜡，就显得更光亮。这种光亮其实是在光的反射作用下形成的。光在两种物质分界面上改变传播方向又返回原来物质中的现象，叫做光的反射。

　　其实，光的反射现象可以从月球更直观地看到。因为月球本身是不发光的，它只是反射太阳的光。相传记载夏、商、周三代史实的《书经》中就提起过这件事。可见那个时候，人们就已有了光的反射观念。战国时的著作《周髀》里就明确指出："日兆月，月光乃生，成明月。"西汉时人们干脆说"月如镜体"，可见对光的反射现象有了深一层的认识。

　　反射镜成像，就是光线反射的结果。我国古代在这方面是很有创造性的。最早的时候，人们用静止的水面作为光的反射面，即当做镜子使用，这镜子叫做"监"。到了明清时代，一些穷苦人家还在使用着"水镜"。到了周代中期，随着冶炼工艺的进步，渐渐以金属反射面代替水镜，这才在"监"字的下面加"金"，成了"鉴"，就是现在大量出土的铜镜。关于平面镜反射成像规律的研究，在周代后期就在进行了。《墨经》中就指出：平面镜成的像只有一个。像的形状、颜色、远近、正倒，都全同于物体。它还指出：物体向镜面移近，像也向镜面移近，物体远了，像也远了，有对称关系。

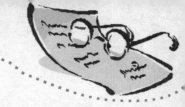

6. 家里制作潜望镜

爱因斯坦的工具

两面小镜子

一张硬纸片

一个量角器

实验开始

像潜水艇般使用潜望镜从内部观察水面上的情况，在现实生活中也是可以做到的。

1. 把硬纸片卷成长方形筒状，大小应以正好能放入镜子为宜。

2. 用量角器在纸筒两端量出 45 度角的位置。

3. 把小镜子分别放在刚才量好的位置上，并固定好。

4. 把做好的潜望镜拿到窗台下，眼睛从下端向纸筒内望去。

奇妙的结果

当把潜望镜置于窗台上，从纸筒下方望去时，会惊奇地发现，纸筒上方的景象竟然出现在眼前。

我们知道，光线是沿着直线传播的。而此试验中是利用了光的折射，使用两面小镜子使光线发生两次折射，从低处显现出高处的事物来。

爱因斯坦告诉你

潜望镜的故事

潜望镜是从海面下伸出海面或从低洼坑道伸出地面，用以窥探海面或地面上活动的装置。其构造与普通地上望远镜相同，唯另加两个反射镜使物体经两次反射而折向眼中。

在古代，我国一些深山古庙的屋檐下，常常倾斜地挂着一面青铜大镜，如果在庙门内的地上放一盆水，对正镜子，就做成了一个最简单的潜望镜，在水中就会映出庙门外的羊肠小道及过往行人。这大概就是最早的潜望镜。潜望镜主要利用两面镜子组成一个观察系统，经过光的两次反射，达到在不同位置实际观察的目的。潜望镜常应用在潜艇、地下观察等一些特殊的场合，由于功能适用，潜望镜至今仍在广泛使用，一些武器制造商利用潜望镜的原理还开发了拐弯射击步枪观察器，使持有这种枪的人在巷战中机动灵活，伤亡率大大降低。

现在，人们制造潜望镜主要是为科学研究和国防服务的。科学家利用潜望镜在地下室中观察火箭的发射。在进行原子物理实验的时候，科研工作者利用潜望镜隔着厚厚的保护墙，就能观察到那些有放射性的危险实验。潜水艇在水下航行的时候，必须利用潜望镜观察海面的情况。

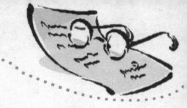

7、简易望远镜的制造

爱因斯坦的工具

两个放大镜中的镜片

一张硬纸片

一些胶条

一本书

实验开始

1. 把硬纸片卷成一个纸筒，纸筒大小与镜片相符。

2. 把一个镜片放在纸筒的一端，观察书上的内容。

3. 拿出另一个镜片，把它放在纸筒的另一端。

4. 调节这个镜片与另一端镜片的距离，直到书上的内容变得清楚。

5. 用胶条固定好两个镜片的位置。

奇妙的结果

做好以上步骤后，拿起你的望远镜，来试一下成果吧。

在观察不同距离的物体时，你可能还需要继续调整一下两个镜片间的距离，以达到更好的效果，而且很有可能连星空中的某些星座都会看得很清楚。

天才孩子最喜欢的科学游戏

科学游戏

望远镜的由来

望远镜是被如何发明出来的呢？原来，荷兰小镇的一家眼镜店的主人利伯希，为检查磨制出来的透镜质量，把一块凸透镜和一块凹镜排成一条线，通过透镜看过去，发现远处的教堂塔尖好像变大拉近了，在无意中发现了望远镜的秘密，从而制造了一个双筒望远镜。

伽利略制作的第一架望远镜只能把物体放大3倍。经过改良后，逐渐增大到8倍、20倍。直到1609年10月，他制作出了能放大30倍的望远镜。伽利略用自制的望远镜观察夜空，第一次发现了月球表面高低不平，覆盖着山脉并有火山口的裂痕。此后又发现了木星的4颗卫星、太阳的黑子运动，并得出了太阳在转动的结论。

在日常生活中，光学望远镜通常是呈筒状的一种光学仪器，它通过透镜的折射，或者通过反射镜的反射使光线聚焦直接成像，或者再经过一个放大镜进行观察。日常生活中的光学望远镜又称"千里镜"，它主要包括业余天文望远镜、观剧望远镜和军用双筒望远镜。

常用的双筒望远镜为减小体积和翻转倒像，需要增加棱镜系统。棱镜系统按形式不同，可分为别汉棱镜系统和保罗棱镜系统，这两种系统的原理及应用是相似的。

平时大家使用的个人小型手持式望远镜不宜使用过大的放大倍率，一般以3～12倍为宜。倍数过大时，成像清晰度就会变差，同时抖动严重。如果一定要使用高倍望远镜，一般需要使用三角架加以固定，确保成像的清晰度。

8. 制造一架照相机

爱因斯坦的工具

一个盒盖和盒身能分开的较薄的木盒

一些画画用的彩色笔

一把剪刀

一些胶条

一些颜料

一张蜡纸

实验开始

照相是件很神奇的事情，那它到底是什么原理呢？让我们亲自来做一架照相机吧。

1. 把木盒打开，内部和盒盖全涂成黑色。

2. 在盒身的一端，用剪刀剪开一个方形的口子。

3. 把蜡纸贴在口子上，蜡纸要比刚才的口子略大。

4. 在另一端，用剪刀小心地钻出一个不大于 1 厘米的小洞。

5. 把眼睛放在小洞那一端，通过木盒，望向另一端的大口。

奇妙的结果

当自制照相机扫过某一样物体时，你会从小洞那端发现，看到的物体竟然颠倒了。

原来，这是因为光是直线传播的，所以，从大口中射入的光线在木盒内部发生了颠倒，顶端的光线射到了底端，底端的射到了顶端，所以才导致了这一结果。

爱因斯坦告诉你

照相机的历史

照相机其实是利用小孔成像的原理制成的。在公元前 400 年前，墨子所著《墨经》中就已有小孔成像的记载。

13 世纪，在欧洲出现了利用小孔成像原理制成的映像暗箱，人走进暗箱观赏映像或描画景物。1665 年，德国僧侣约翰章设计制作了一种小型的可携带的单镜头反光映像暗箱，因为当时没有感光材料，这种暗箱只能用于绘画。第一张照片是法国的涅普斯在感光材料上制出的，但成像不太清晰，而且需要长达八个小时的曝光。

第一台实用的照相机是由法国的达盖尔制成的，它由两个木箱组成，把一个木箱插入另一个木箱中进行调焦，用镜头盖作为快门，来控制长达三十分钟的曝光时间，拍摄出清晰的图像。从此之后，照相机一路发展，从单镜头反光照相机到双镜头反光照相机，直到胶卷的问世。

照相机种类繁多，按用途可分为风光摄影照相机、印刷制版照相机、文献缩微照相机、显微照相机、水下照相机、航空照相机、高速照相机等。按照相胶片尺寸，可分为 110 照相机、126 照相机、135 照相机、127 照相机、120 照相机、圆盘照相机。按取景方式分为透视取景照相机、双

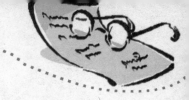

镜头反光照相机、单镜头反光照相机。

随着科学技术的不断发展，需要胶卷才能实现成像的照相机慢慢被数码相机所取代。所谓数码相机，是一种利用电子传感器把光学影像转换成电子数据的照相机。它集光学、机械、电子于一体，与普通照相机在胶卷上靠溴化银的化学变化来记录图像的原理不同，具有数字化存取模式，与电脑交互处理和实时拍摄等。在图像传输到计算机以前，通常会先储存在数码存储设备中，例如内存卡及小型硬盘。

9、太阳能的利用

爱因斯坦的工具

一面反光镜

一根火柴

实验开始

1. 把反光镜拿到烈日下，让强烈的日光照射到反光镜上。
2. 拿出火柴，把火柴头放在反光镜照射出来的焦点上。

奇妙的结果

这个时候，一定要小心，因为火柴随时会被点燃，一定小心不要烫伤或者烧伤。

为什么只是增加了一面反光镜，就能点燃火柴呢？原来，反光镜能把光线集中在焦点上，使焦点处的温度升高，直至升到火柴的燃点，很容易便将火柴点燃了。

爱因斯坦告诉你

什么是太阳能

太阳能发电是一种新兴的可再生能源利用方式，一般是指太阳光的辐射能量。其实，广义上的太阳能是地球上许多能量的来源，如风能、化学能、水的势能，等等。

太阳能有很多妙用，例如太阳电池就是把太阳光中的能量通过光电转换的形式转化为电能。平时家庭中使用的太阳能热水器，也是利用太阳光的热量来加热水。其他还有利用太阳能加热水后，用热水发电或者是利用太阳能进行海水淡化，等等。

就现在的情况来看，目前太阳能的利用还不很普及，利用太阳能发电还存在成本高、转换效率低的问题。但是，太阳电池在为人造卫星提供能源方面得到了应用。

平时我们所说的太阳能其实可以分为两种，一种是太阳能光伏，另一种是太阳热能。

太阳能光伏是一种暴露在阳光下便会产生直流电的发电装置，几乎全部由半导体材料制成的薄身固体光伏电池组成。由于没有活动的部分，故可以长时间操作而不会导致任何损耗。简单

的光伏电池可为手表及计算机提供能源，较复杂的光伏系统可为房屋照明，并为电网供电。光伏板组件可以制成不同形状，而组件又可连接，以产生更多电力。

太阳热能则是将阳光聚合，并运用其能量产生热水、蒸汽和电力。除了运用适当的科技来收集太阳能外，建筑物亦可利用太阳的光和热能，方法是在设计时加入合适的装备，例如巨型的向南窗户或使用能吸收及慢慢释放太阳热力的建筑材料。

10. 墙上的彩光

爱因斯坦的工具

一个脸盆

一些清水

一面小镜子

实验开始

除了在下雨之后有可能看到彩虹，能不能想出一个办法在平时也可以看到它呢？答案是肯定的。下面我们就来看看，如何在没下雨的天气里看到彩虹。

1. 在一个阳光灿烂的午后，拿出准备好的脸盆。

2. 往脸盆里注满清水。

3. 把装满清水的脸盆放在墙边。

4. 把小镜子插入清水中，镜面对准阳光。

奇妙的结果

慢慢调整镜子的角度，当角度正合适时，就会发现，墙面上出现了彩虹。

这个原理很简单，就是利用了光的折射，使阳光中的白色分解成为七种颜色，呈现在大家面前。

爱因斯坦告诉你

认识彩虹

彩虹是一种自然现象，是由于阳光射到空气的水滴里，发生光的反射和折射造成的。"彩"，顾名思义，是"七彩"、"彩色"的意思。"虹"，"工"代表音旁，"虫"代表形旁，为什么是虫字旁呢？因为在古代，人们还不知道彩虹和水滴有关，认为彩虹是一条饮用雨滴的虫，所以取用虫字旁。彩虹七彩颜色，从外至内分别为：赤、橙、黄、绿、蓝、靛、紫。

阳光射入水滴时会同时以不同角度入射，在水滴内亦以不同的角度反射。当形成某一反射角度后，便形成了我们所见到的彩虹。形成这种反射时，阳光进入水滴，先折射一次，然后在水滴的背面反射，最后离开水滴时再折射一次。因为水对光有色散的作用，不同波长的光的折射率有所不同，蓝光的折射角度比红光大。由于光在水滴内被反射，所以观察者看见的光谱是倒过来的，红光在最上方，其他颜色在下。

其实只要空气中有水滴，而阳光正在观察者的背后以低角度照射，便能产生可以观察到的彩虹现象。彩虹最常在下午，雨后刚转天晴时出现。空气里水滴的大小，决定了彩虹的色彩、鲜艳程度和宽窄。空气中的水滴大，虹就鲜艳，也比较窄。反之，水滴小，虹色就淡，也比较宽。一般冬天的气温较低，在空中不容易存在小水滴，下雨的机会也少，所以冬天一般不会有彩虹出现。

某些时候，还会出现晚虹。晚虹是一种罕见的现象，在月光强烈的晚上可能出现。由于人类视觉在晚间低光线的情况下难以分辨颜色，故此晚虹看起来好像是全白色。

11、消失在水中的硬币

 爱因斯坦的工具

一个底部有拱形结构的空玻璃瓶

一枚硬币

一张白纸

一些清水

 实验开始

水中的硬币在加满水后就不见了，这可能吗？我们来亲自试验一下。

1. 把准备好的东西拿出来后，把玻璃瓶放在白纸上。

2. 把硬币放在玻璃瓶中，位置可是很重要的。

3. 往瓶子里灌入清水，直到灌满。

4. 盖住瓶口。

 奇妙的结果

当瓶子里灌满水后，发现了什么呢？

你可能会惊叫出来，硬币呢？硬币怎么没有了？原来，这里面的技巧就在于，一开始把硬币放在了瓶底的拱形处，而不是瓶子内部。当灌满水后，把瓶口盖上，光线由于透不出来，并且在纸片上形成一个镜面，我们只能在瓶口处才能观察到硬币。所以，当瓶口盖住后，从其他方向我们是看不到瓶底的硬币的。

爱因斯坦告诉你

光的折射

　　光从一种介质斜射入另一种介质时，传播方向发生改变，这个现象叫做光的折射。折射光线和入射光线、法线在同在一平面上，折射光线和入射光线分居法线两侧。在光的反射过程中，光路具有可逆性。而且，当光线从一种介质直射入另一种介质时，传播方向是不会发生改变的。

　　光的折射现象在日常生活中很容易发现。例如，在空的杯子里放一枚硬币，然后往杯子里倒水，从上面斜着看，随着杯中水面的升高，看起来硬币上浮。当把筷子放进水杯中后，在水下面的部分发出的光在水面发生了折射，我们顺着光的反向延长线，看到筷子发生了弯折。另外，当你站在水池边时，由于光的折射，池水看起来比实际的浅。所以，看着清澈见底、深度不过齐腰的水时，千万不要贸然下去，以免因为对水深估计不足，发生危险。

　　影响水的折射率的最重要因素是水的纯净度和均匀度。如果水中含杂质，且密度不均匀，也就是说这一片水杂质少一些，那一片水杂质多一些，那么折射率就会受到影响，因为两种或几种东西混在一起折射率就会有偏差。所以，一般我们考虑光的折射问题时，都把水设定为纯净的、毫无杂质的。

12. 黑暗中的镜子和白纸

爱因斯坦的工具

一个手电筒

一面小镜子

一张白纸

实验开始

当手电筒的光线照在镜子和白纸上，到底哪样东西会更亮呢？不要急着回答，还是亲自试一试吧。

1. 首先要来到一个黑暗的房间内。

2. 拿出准备好的小镜子和白纸。

3. 打开手电筒，分别照向镜子和白纸。

奇妙的结果

此刻你看到了什么？是不是发现，在黑暗的屋子里，被手电筒照射的白纸竟然比镜子还亮？而且镜子中好像还有些发黑？

形成这一结果的主要原因竟然是因为镜子表面过于光滑。如果此时你的眼睛并没有跟镜子反射出去的光线处在同一个方向，你则看不到亮光，反而感觉变黑了。而白纸表面因为凹凸不平，光线打上去后会发生漫反射。漫反射会让我们在任何方向都能看到被照射的物体。

爱因斯坦告诉你

镜 子

不管是什么样的镜子，光线都会被镜面反射出去，反射光线进入眼中后即可在视网膜中形成视觉。在平面镜上，当一束平行光束碰到镜子，整体会以平行的模式改变前进方向，此时的成像和眼睛所看到的像相同。

古代时还没有玻璃镜，所以那时候的镜子都是以黑曜石、金、银、水晶、铜、青铜等经过研磨抛光制成。之后，出现了以银片或铁片为背面的玻璃镜。文艺复兴时期威尼斯是制镜中心，所产镜子因质量高而负有盛名。16世纪发明了圆筒法制造板玻璃，同时发明了用汞在玻璃上贴附锡箔的锡汞齐法，金属镜逐渐减少。17世纪下半叶，法国发明用浇注法制平板玻璃，制出了高质量的大玻璃镜。

在欧洲古希腊、罗马时代，用一种稍凸出的磨光金属盘做镜，其不反光的一面刻有花纹，最早的镜子是带柄的手镜；到公元1世纪出现了可以照全身的大镜；中世纪时，手镜在欧洲普遍流行，通常为银制或磨光的青铜镜，装在精美的象牙盒内或珍贵的金属盒内的小镜子，成为妇女随身携带物品。

随着科学技术的不断进步，镜子的成本越来越低，各种各样的曲面镜大量出现。镜子的使用也日益广泛，除了用在映照仪容之外，还被开发出了其他用途。例如，汽车上用的球面后视抛物面镜，在望远镜中用于聚集和在探照灯中用于反射出平行光的抛物面镜等。这些都增加了人们生活的便利，人们在生活中越来越离不开镜子。

13、手掌的残影

天才孩子最喜欢的科学游戏

科学游戏

爱因斯坦的工具

一台电视机
或者一台电脑

实验开始

人的手指只有五根，如何才能让手指变多呢？比如六根、七根甚至更多。

1. 找一间光线比较暗的房间。

2. 打开房间内的电视机。

3. 关闭房间内的一切灯光，让电视机的光更加显眼。

4. 张开手，在电视机的屏幕前晃动手指。

如果是在电脑显示屏前，同样也张开手，把手放在显示屏前晃动。

奇妙的结果

当你把手放在显示屏前面不停晃动时，你会惊奇地发现，自己的手指竟然变多了，而且不是多了一两根，而是三四根，甚至更多。

为什么会出现这么奇怪的现象呢？原来，这是因为电视屏幕或电脑显示屏发出的光是闪烁的，每秒都要闪烁至少60次，并不是一直亮着，只是我们的肉眼因为视觉暂留使看到的东西在视网膜上保留了0.1秒左右，从而使我们察觉不到而已。

爱因斯坦告诉你

日光灯的闪烁

这个游戏其实向我们揭示了一个秘密，原来，电视屏幕和日光灯发出的光是闪烁的，而我们平时没有感觉到光线的闪烁是因为人的眼睛有视觉暂留，在日光灯灭了的一瞬间，我们的视网膜上还保留着灯亮时的痕迹，灯再亮后被看的东西还在同一个地方，所以我们不会感到灯光的闪烁。

日光灯又称为荧光灯。日光灯两端各有一根灯丝，灯管内充有微量的氩和稀薄的汞蒸气，灯管内壁上涂有荧光粉，两根灯丝之间的气体导电时发出紫外线，使荧光粉发出柔和的可见光。灯管开始点燃时需要一个高电压，正常发光时只允许通过不大的电流，这时灯管两端的电压低于电源电压。日光灯不含红外线，所以它的光是很温和的，不会伤害到眼睛。而且不含有热线，用起来比平常电灯泡省电。当在日光灯内壁涂上不同化学药品时，所产生的光线也会不同，例如涂上钨酸镁的发蓝白色的光，涂上硼酸镉的发淡红色的光。

现在的日光灯越来越多地采用电子镇流器。荧光灯电子镇流器问世于20世纪80代初，由荷兰飞利浦公司首先研制成功。它与传统的电感式镇

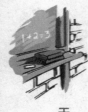

流器相比，特别在性能上更有独特之处。实际上它是一个高频谐振逆变器，它体积小，重量轻，能耗低，低电压下仍能启动和工作，无频闪和噪声。但是，该电路的工作频率较高，因此有较严重的射频干扰和电磁辐射干扰，影响其他电子仪器的正常工作，还容易对电网造成污染，对人体造成伤害。经过实际使用，它的寿命不如电感式流器。

随着时代的发展，日光灯正逐渐被原理相似但体积更小、效率更高的节能灯取代。现在大部分家庭中使用的都是节能灯，日光灯已经渐渐走出人们的生活。

14. 自己制作星星射灯

爱因斯坦的工具

一个纸盒

一个手电筒

一把剪刀

实验开始

想看星星，却又不想出门，怎么办？很简单，下面就来说说如何在家中看星星。

1. 把准备好的干净纸盒拿出来，把盒盖与盒身分开。

2. 拿出剪刀，在盒身上剪出几个小孔，可以把小孔排成自己喜欢的星座。

3. 再拿起盒盖，在盒盖上剪一个与手电筒差不多大小的洞。

4. 盒盖的洞要与盖身上的小孔相对。

5. 盖上盒盖，关掉房内的灯，并把手电筒放在盒盖上的洞里。

6. 打开手电筒，将盒子对向房顶或者墙壁。

奇妙的结果

神奇的现象出现了，当把盒子小孔的那边对准墙面后，在手电筒的光线下，墙壁上出现了闪闪发光的小星星，宛如夜晚美丽的星空。

原来，光在同种均匀介质中是直线传播的。所以，手电筒的光线透过小孔笔直地照在墙壁上，出现了你想看到的图案。

爱因斯坦告诉你

天才孩子最喜欢的科学游戏

科学游戏

天上的星星

天上到底有多少颗星星呢？这是天文学家至今未能准确给出答案的难题，但我们能用肉眼从地球上看到的星星已经得出了答案，人类肉眼能看到的星星大概有7000颗。由于地球是圆的，不论我们站在地球上的什么地方，都只能看到半边天空，而且靠近地平线的星星又看不清楚，所以我们用肉眼实际上只能看到大约3000颗星。

由于天空的亮度比我们所说的星星的亮度大，也就是天空的光亮掩盖了星星的光亮，所以在白天时看不到星星。在天气情况良好，无雨无云的夜晚、傍晚或是黎明，还有日食等特殊时刻，我们就可以用肉眼看见星星了。

估计银河系中的恒星大约有一两千亿颗。恒星并非不动，只是因为离我们实在太远，不借助于特殊工具和方法，很难发现它们在天上的位置变化，因此古代人把它们认为是固定不动的星体，叫做恒星。行星还要多些。

要学会辨认夜空中常见到的几大星座，尤其是北斗七星，这对某些特殊时刻帮你辨认方向很有帮助。认识亮星，如秋冬季星空中的天狼星、参宿七、参宿四。夏季星空中的织女星和牛郎星，几个主要的星座包括猎户座、仙后座、天鹅座、金牛座、巨蟹座和宝瓶座等。当用肉眼熟悉了星空后，你就可以去观测流星和流星雨、银河和经过头顶的人造卫星，进行星空观测。

第二章

电的魔力

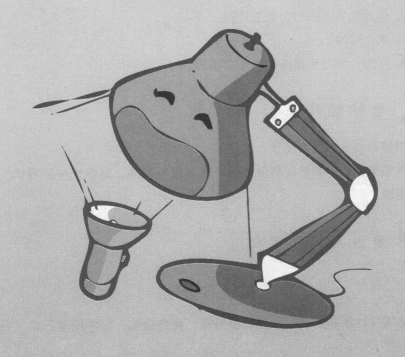

1、让灯泡亮起来

爱因斯坦的工具

一块电池

一根金属线

一只灯泡

一根铅笔芯

实验开始

1. 拿出电池，一端和金属线接触。

2. 电池的另一端和铅笔芯接触。

3. 拿出灯泡。

4. 灯泡分别与金属线和铅笔芯接触。

奇妙的结果

很神奇的是，灯光亮了。这说明了什么呢？

很简单，铅笔芯是能导电的。铅笔芯也叫石墨，是很优良的导体，能产生电流。

爱因斯坦告诉你

石墨和铅笔

铅笔按性质和用途可分为石墨铅笔、颜色铅笔、特种铅笔三类。石墨

铅笔是指铅笔芯以石墨为主要原料的铅笔，可供绘图和一般书写使用。共分为 6B、5B、4B、3B、2B、B、HB、F、H、2H、3H、4H、5H、6H、7H、8H、9H、10H 等 18 个硬度等级，字母前面的数字越大，表明越硬或越软。颜色铅笔是那些铅芯有色彩的铅笔，这种铅笔的铅芯主要是由黏土、颜料、滑石粉、胶粘剂、油脂和蜡等组成，用于标记符号、绘画、绘制图表与地图等。特种铅笔包括玻璃铅笔、变色铅笔、炭画铅笔、晒图铅笔、水彩铅笔、粉彩铅笔等，它们各有其特殊用途。

日常生活中，以石墨铅笔使用的最多，那么石墨是什么物质呢？原来，石墨是一种黑色的矿物质，是在英格兰的一个叫巴罗代尔的地方被发现的。由于石墨能像铅一样在纸上留下痕迹，这痕迹比铅的痕迹要黑得多，因此，人们又称石墨为"黑铅"。那时，巴罗代尔一带的牧羊人常用石墨在羊身上

画上记号。受此启发，人们将石墨块切成小条，用于写字绘画。但是用石墨条写字既会弄脏手，又容易折断，这成为令使用者十分头疼的一个问题。直到 1761 年，德国化学家法伯首先解决了这个问题。他用水冲洗石墨，使石墨变成石墨粉，然后同硫磺、锑、松香混合，再将这种混合物制成条，这比纯石墨条的韧性大得多，也不容易弄脏手。这就是最早的铅笔。后来，拿破仑·波拿巴下令给法国的化学家孔德，在自己的国土上找到石墨矿，然后造出铅笔。法国的石墨矿质量差，且储量少，孔德便在石墨中掺入黏土，放入窑里烧烤，制成了当时世界上既好用又耐用的铅笔芯。在石墨中掺入的黏土比例不同，生产出的铅笔芯的硬度也就不同，颜色深浅也不同。这就是今天我们看到铅笔上标有的 H（硬性铅笔）、B（软性铅笔）、HB（软硬适中的铅笔）的由来。

2、你也能造出闪电

爱因斯坦的工具

一双手套

一个气球

一个杆状铁质的小物品

实验开始

雷阵雨的时候，有时会出现闪电，在没下雨的日子里也能看到吗？

1. 在一间干燥的房间内，拿出准备好的物品。

2. 把手套戴在手上，保护好手部防止发生意外。

3. 吹起气球，并在衣服上摩擦 1 分钟。

4. 拿起杆状铁质物品，其一端小心地触碰刚才摩擦过的气球表面。

奇妙的结果

当铁质物品在接触到气球时，你会听到有细微的"噼啪"声，如果房间内非常干燥，还会幸运地看到些许闪光。

原来这一切竟然是电荷在搞鬼。当气球摩擦衣服后，气球产生了一定的电荷。而铁质物品靠近时，电荷会慢慢地向它靠近并集中起来。当气球和铁质物品接触时，就会释放电荷，发生小型爆炸，释放的电荷过多时，除了声音还会出现火光。

爱因斯坦告诉你

闪 电

在夏天的时候，容易下雷阵雨，当雷阵雨来临时，经常会产生闪电，让人们产生惧怕感。暴风云通常产生电荷，底层为阴电，顶层为阳电，而且还在地面产生阳电荷，如影随形地跟着云移动。阳电荷和阴电荷彼此相吸，但空气不是良好的传导体。阳电奔向树木、山丘、高大建筑物的顶端甚至人体之上，企图和带有阴电的云层相遇。阴电荷枝状的触角则向下伸展，越向下伸越接近地面。最后，阴阳电荷终于克服空气的阻碍而连接上。巨大的电流沿着一条传导气道从地面直向云涌去，产生出一道明亮夺目的闪光。一道闪电的长度一般只有数百米，最长可达数千米。

闪电有温度吗？答案是肯定的，而且闪电的温度可是超过了太阳表面温度的3～5倍，从17000℃～18000℃不等。闪电的极度高热使沿途空气剧烈膨胀。空气移动迅速，因此形成波浪并发出声音。闪电距离近，听到的就是尖锐的爆裂声。如果距离远，

听到的则是隆隆声。如果你想知道闪电离你有多远，可以在看见闪电之后开动秒表，听到雷声后即把它按停，然后以3来除所得的秒数，即可大致知道闪电离你有几千米了。

3. 醋也能发电

爱因斯坦的工具

一只灯泡

两根电线

一袋醋

一个塑料盆

一块铜片

一块锌片

实验开始

醋也能发电，使灯泡发亮，你相信吗？下面就一起来作一作这个试验吧。

1. 把准备好的灯泡拧入灯座内。

2. 两根电线分别连接在灯泡两端。

3. 电线的另外两端分别固定在铜片和锌片上。

4. 把醋倒入塑料盆中。

5. 把固定好铜片和锌片的两条电线放入醋中。

奇妙的结果

灯泡竟然在没有插电的情况下，亮了起来。把电线拿出醋盆，灯泡又灭了。如果把铜片和锌片也取下来，再把电线丢入醋中，会发现灯泡还是灭的。

原来，倒入的醋代替了干电池中的电解质，而锌片和铜片则起到了传导电解质并使它们发生化学反应的作用。因此才能使灯泡发亮。

 爱因斯坦告诉你

电解质

什么是电解质呢？

其实，电解质就是在水溶液中可以电离出离子的化合物。可以分为强电解质和弱电解质。电解质可以全部电离的称之为强电解质，反之，则为弱电解质。强电解质包括强酸、强碱和盐等物质，弱电解质包括弱酸、弱碱和水等物质。

判断某化合物是否是电解质，不能只凭它在水溶液中导电与否，还需要进一步考察其晶体结构和化学键的性质等因素。例如，判断硫酸钡、碳酸钙和氢氧化铁是否为电解质。硫酸钡难溶于水，溶液中离子浓度很小，其水溶液不导电，似乎为非电解质。但溶于水的那小部分硫酸钡几乎完全电离，因此，硫酸钡是电解质。碳酸钙和硫酸钡具有相似的情况，也是电

解质。从结构看，其他难溶盐，只要是离子型化合物或强极性共价型化合物，尽管难溶，也是电解质。而氢氧化铁的情况则比较复杂，它的溶解度比硫酸钡还要小；而溶于水的部分，其中少部分又有可能形成胶体，其余亦能电离成离子。但氢氧化铁也是电解质。

当判断氧化物是否为电解质，要作具体分析。非金属氧化物，如 SO_2、SO_3、P_2O_5、CO_2 等，它们是共价型化合物，液态时不导电，所以不是电解质。有些氧化物在水溶液中能导电，也不是电解质。因为这些氧化物与水反应生成了新的能导电的物质，溶液中导电的不是原氧化物，如 SO_2，本身不能电离，而它和水反应，生成亚硫酸，亚硫酸为电解质。金属氧化物，如 Na_2O、MgO、CaO 等是离子化合物，它们在溶化状态下能够导电，因此是电解质。

可见，要判断某种化合物或者是氧化物是否是电解质，一定要具体分析。

天才孩子最喜欢的科学游戏

科学游戏

4、直立起来的纸条

爱因斯坦的工具

一张纸片

一把剪刀

一支笔

一块铁皮

实验开始

1. 拿出纸片，用剪刀剪成纸条。

2. 把纸条放在铁皮上，并将一端向上拉扯一些。

3. 把笔放在头发上摩擦几下。

4. 把摩擦后的笔放在纸条经过拉扯后的那一端。

奇妙的结果

这时，经过拉扯的那一端会在笔的吸引下，慢慢向上直立起来。这是为什么呢？

原来，摩擦后的笔带有静电，而纸条不带电，所以，带有静电的笔会吸引着不带电的纸条。当吸到一定高度时，因为铁片的原因，又将纸片从笔上吸收来的静电平衡掉。当笔再次靠近纸条，纸条又会被吸起来。

爱因斯坦告诉你

摩擦起电

摩擦起电是用摩擦的方法使物体带电。摩擦起电是电子由一个物体转移到另一个物体的结果。原来不带电的两个物体摩擦起电时，它们所带的电量在数值上必然相等。自然界中只存在两种电荷。按照规定，绸子摩擦过的玻璃棒带的电荷叫正电荷，用毛皮摩擦过的橡胶棒带的电荷叫负电荷。带电后的物体，如果是同种电荷则会互相推斥，反之，则互相吸引。

任何物体都是由原子构成的，而原子由带正电的原子核和带负电的电子所组成，电子绕着原子核运动。在通常情况下，原子核带的正电荷数跟核外电子带的负电荷数相等，原子不显电性，

所以整个物体是中性的。原子核里正电荷数量很难改变，而核外电子却能摆脱原子核的束缚，转移到另一物体上，从而使核外电子带的负电荷数目改变。当物体失去电子时，它的电子带的负电荷总数比原子核的正电荷少，就显示出带正电。相反，本来是中性的物体，当得到电子时，它就显示出带负电。

当两个物体互相摩擦时，其中必定有一个物体失去一些电子，另一个物体得到多余的电子。如用玻璃跟丝绸摩擦，玻璃的一些电子转移到丝绸上，玻璃因失去电子而带正电，丝绸因得到电子而带负电。用橡胶跟毛皮摩擦，毛皮的一些电子转移到橡胶上，毛皮带正电，橡胶则带着等量的负电。

很多摩擦后产生的奇异现象，都是因为不同电荷产生反应引起的。

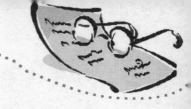

5. 制造干扰杂音

爱因斯坦的工具

一台收音机

一只气球

实验开始

在看电视或者用电脑的时候，如果旁边放着一部手机，手机来电话或者短信时，电视或者电脑就会发出一些杂音，只要手机不移开或者电话没挂断，这些杂音就不会消失。这是什么呢？下面我们用一台收音机来作个试验。

1. 打开收音机，可以不用调台。

2. 吹起气球，并在头发上摩擦几下。

3. 把气球慢慢靠近开着的收音机。

奇妙的结果

这时你发现了什么？是不是发现收音机里出现了刺耳的杂音？不管你如何调节，只要气球没有拿开，杂音就不会消失。这是为什么？

原来，气球经过摩擦产生电荷，当接近收音机时，产生了电磁波，干扰了收音机信号的正常接收，从而出现杂音。

爱因斯坦告诉你

电 荷

早在古代，人们就发现了"摩擦起电"的现象，并认识到电有正、负

天才孩子最喜欢的科学游戏

两种，同种相斥，异种相吸。但是，无论是正电荷还是负电荷，都有着吸引轻小物体的能力。当时因不明白电的本质，认为电是附着在物体上的，因而称其为电荷，并把显示出这种斥力或引力的物体称带电体。有时也称带电体为电荷，如"自由电荷"。

后来随着人类对电的认识发展，电荷的名称依旧沿用下来。电荷是物质、原子或电子等所带的电的量。单位是库仑，简称库。我们常将"带电粒子"称为电荷，带电量多者我们称之为具有较多电荷，而电量的多寡决定了力场的大小。此外，根据电场作用力的方向性，电荷可分为正电荷与负电荷，电子则带有负电。

根据库仑定律，带有同种电荷的物体之间会互相排斥，带有异种电荷的物体之间会互相吸引。排斥或吸引的力与电荷的乘积成正比。构成物质的基本单元是原子，原子由电子和原子核构成，原子核又由质子和中子构成，电子带负电，质子带正电，是正、负电荷的基本单元，中子不带电。所谓物体不带电就是电子数与质子数相等，物体带电则是这种平衡的破坏。在自然界中不存在脱离物质而单独存在的电荷。

6. 奇怪的气球

爱因斯坦的工具

两只气球
一张白纸

实验开始

1. 吹起两只气球。
2. 把气球在衣服上摩擦。
3. 把两只气球放在一起。
4. 在两只气球中间放入白纸。

奇妙的结果

你发现了什么？

是不是发现摩擦后把两个气球放在一起，它们竟然分开了。而当把白纸放在它们中间时，它们又贴着白纸吸在了一起？

原来，通过摩擦，两个气球带上了静电。而气球上的静电会互相排斥，但都会被吸引到白纸上。

爱因斯坦告诉你

静 电

冬天的时候，我们脱衣服时经常会听到一些响声，并且有时候还会看

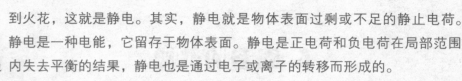

到火花，这就是静电。其实，静电就是物体表面过剩或不足的静止电荷。静电是一种电能，它留存于物体表面。静电是正电荷和负电荷在局部范围内失去平衡的结果，静电也是通过电子或离子的转移而形成的。

静电是一种静止不动的电，就好像把水放在一根平放的管子里，水在管中静止不动一样，也就是当电荷积聚不动时，这种电荷称为静电。

天才孩子最喜欢的科学游戏

科学游戏

静电现象已为人们所熟悉，经常会发生在大家周围。例如，当天气干燥时，用塑料梳子梳头会产生放电声。用毛皮摩擦后的钢笔杆可吸引小纸屑。日光灯、电视机屏幕、录音机磁头等易附着灰尘等现象，都是日常生活中经常体验到的静电现象。

另外，复印机其实也是采用了静电某些原理来工作的。静电复印机的中心部件是一个可以旋转的接地的铝质圆柱体，表面镀一层半导体硒，叫做硒鼓。半导体硒有特殊的光电性质：没有光照射时是很好的绝缘体，能保持电荷；受到光的照射立即变成导体，将所带的电荷导走。复印每一页材料都要经过充电、曝光、显影、转印等几个步骤。这几个步骤是在硒鼓转动一周的过程中依次完成的。由电源使硒鼓表面带正电荷，利用光学系统将原稿上的字迹的像成在硒鼓上。硒鼓上字迹的像是没有光照射的地方，保持着正电荷，其他地方受到了光线的照射，正电荷被导走，这样，在硒鼓上留下了字迹的"静电潜像"。带负电的墨粉被带正电的"静电潜像"吸引，并吸附在"静电潜像"上，显出墨粉组成的字迹。带正电的转印电极使输纸机构送来的白纸带正电，带正电的白纸与硒鼓表面墨粉组成的字迹接触，将带负电的墨粉吸到白纸上。此后，吸附了墨粉的纸送入定影区，墨粉在高温下熔化，浸入纸中，形成牢固的字迹。硒鼓则经过清除表面残留的墨粉和电荷，准备复印下一页材料。这就是复印机的正常工作程序。这样复杂，你是不是很吃惊？

7、轻松制作出话筒

爱因斯坦的工具

三根长铅笔

一个小纸盒

一节电池

一个耳机

一根电线

实验开始

当话筒里传出你的声音时，你是不是很兴奋？想不想亲自做一个话筒？如果想，就一起来按照下面的步骤做吧。

1. 把三根铅笔削掉外皮，只剩下铅笔芯。

2. 把其中两根铅笔芯穿过小纸盒。

3. 拿出第三根铅笔芯，搭在另外两根笔芯上。

4. 拿出电线，把电线接在两根笔芯上。

5. 再把电池和耳机也跟笔芯和电线连接在一起。

6. 拿起小纸盒，并讲话。

奇妙的结果

当你拿起小纸盒说话时，你会在耳机里清楚地听到说话的声音。

这是因为电池中的电流进入到铅笔芯中，当你说话时，产生震动，使电流变得不稳定，形成了耳机中声音的响动。

天才孩子最喜欢的科学游戏

科学游戏

话 筒

日常的话筒，是将声音信号转换为电信号的能量转换器。说起话筒的发展史，还颇为曲折。

19世纪末，贝尔等科学家致力于寻找更好的拾取声音的办法，以用于改进当时的最新发明——电话。其间，他们发明了液体话筒和碳粒话筒，这些话筒效果并不理想，只是勉强能够使用。20世纪，话筒由最初通过电阻转换声电发展为电感、电容式转换，大量新的话筒技术逐渐发展起来，这其中包括铝带、动圈等话筒，以及当前广泛使用的电容话筒和驻极体话筒。话筒大概可以从以下几个方面来分类：

按换能原理分为：电动式、电容式、压电式、电磁式、碳粒式、半导体式等。

按声场作用力分为：压强式、压差式、组合式、线列式等。

按电信号的传输方式分为：有线、无线。

按用途分为：测量话筒、人声话筒、乐器话筒、录音话筒等。

按指向性分为：心型、锐心型、超心型、双向、无指向。

其中，动圈传声器音质较好，但体积庞大。驻极体传声器体积小巧，成本低廉，在电话、手机等设备中广泛使用。此外，还有驻极体和最近新兴的硅微传声器、液体传声器和激光传声器。但是，激光传声器大部分在窃听中使用。

硅微话筒基于CMOSMEMS技术，体积更小，其一致性将比驻极体电容器话筒的一致性好四倍以上，所以MEMS话筒特别适合高性价比的话筒阵列应用。其中，匹配得更好的话筒将改进声波形成，并降低噪声。

8. 让纸片动起来

爱因斯坦的工具

一张薄纸

一块尼龙布

一把剪刀

两个同等高的垫高物

一块大些的玻璃板

实验开始

如果想看到不停跳舞的纸片，就照着下面的方法做吧。

1. 把两个垫高物放在桌面上，保持一定距离。

2. 用剪刀把薄纸剪成小小的纸片，放在两个垫高物中间。

3. 在垫高物上放上一块玻璃板。

4. 用尼龙布摩擦玻璃板。

奇妙的结果

玻璃板被摩擦后，玻璃板下方的小纸片就会不停地跳动起来，就像跳舞。

原来，当尼龙布摩擦玻璃后，玻璃中的负电荷流失，而玻璃板下方的纸片向正电荷靠近，当纸片接触到玻璃后，玻璃中的正电荷又下降，纸片又落回桌面。反复摩擦玻璃板，纸片就出现了不停地跳动现象。

科学游戏

爱因斯坦告诉你

尼龙的来历

尼龙，人们对它应该并不陌生，在日常生活中尼龙制品比比皆是。但是，尼龙到底是什么物质制成的呢？知道这些的人就很少了。

尼龙是世界上首先研制出的一种合成纤维。尼龙是一种人造的多聚物。1935 年 2 月 28 日，杜邦公司的华莱士·卡罗瑟斯在美国威尔明顿发明了这种塑料。1938 年尼龙正式上市，最早的尼龙制品是牙刷和妇女穿的尼龙袜。今天，尼龙纤维是多种人造纤维的原材料。硬的尼龙被用在建筑业

中。尼龙的合成奠定了合成纤维工业的基础，尼龙的出现使纺织品的面貌焕然一新，用这种纤维织成的尼龙丝袜既透明又比丝袜耐穿。1939 年 10 月 24 日，杜邦公开销售尼龙丝长袜时引起轰动，被视为珍奇之物竟相抢购，人们曾用"像蛛丝一样细，像钢丝一样强，像绢丝一样美"的词句来赞誉这种纤维。到 1940 年 5 月，尼龙纤维织品的销售遍及美国各地。

从第二次世界大战爆发到 1945 年，尼龙工业被转向制造降落伞、飞机轮胎、帘子布、军服等军工产品。由于尼龙的特性和广泛的用途，第二次世界大战后发展非常迅速，尼龙的各种产品从丝袜、衣着到地毯、渔网等，以难以计数的方式出现，是三大合成纤维之一。现在，尼龙制品已成为人们生活中不可或缺的一种材料。

9、安全接触电流的秘密

爱因斯坦的工具

一个气球

一张圆形铁片

一个透明的玻璃杯

实验开始

高压电都是很危险的，下面的试验却能让你安全地接触高压电。

1. 拿出透明的玻璃杯，吸干所有水分，使玻璃杯充分干燥。

2. 把圆形铁片平衡放在玻璃杯上。

3. 吹起气球，并在头发上摩擦几下。

4. 把气球放在圆形铁片上。

5. 伸出手，慢慢接触铁片。

奇妙的结果

当手指慢慢接触到铁片的边缘时，会发出微小的光芒来。

这时的电光有数千伏的高压，但此时金属和手指间产生电压平衡，对人体并无伤害，就像冬天干燥时脱衣服产生的火花。

爱因斯坦告诉你

高压电和低压电

高压电是指电压为 380V 和 380V 以上的电压。

低压电是指电压为 220V、110V 和 110V 以下的电压。

人在没有采取安全防护时相当于与大地处于等电位，一般我们称大地为"零电位"。当人触及低压电时，人体的电阻相对于大地这个无限大的电阻时，其值可以是忽略不计的，这就是说全部电压都要加在人和大地之间，这时回路的电流要通过人体流入大地，因为大地的电阻无限大，所以说其通流能力也就近似无限大。可是由于人体电阻非常小，本来承受电流的能力就非常小，因此这些电流全部加在人体上就会造成内脏等器官的贯穿性严重烧伤，对人的伤害会很大。

相对于低压电，高压电对人的伤害过程还是有所不同的。大家都知道，在通电的导线周围会有电磁场产生，导线的电压越高，磁场场强也就越高，由于载有高压电的用电设备和线路等电气设备周围产生的强电磁场会使附近空气中的离子荷电，其电压分布也是以带电体为中心向空间辐射传播的，会对周围物体放电，距离中心越远，电压相对越低，呈逐渐降低的趋势。因此在高压带电体周围的空间内都会有较强的电压，人与其保持的距离达不到其放电距离时，人是处于安全位置的，一旦这一距离被缩短，带电粒子就会对人体放电。由于人体电阻非常小，相当于高压电经过

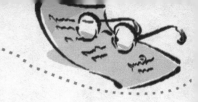

人体对地短路，短路电流会将人严重烧伤，是非常危险的。

因此，在相关规程中对高压带电设备的安全距离有严格的规定，随着电压等级的升高，安全距离也随之加大，就是为了能够切实保障人身安全。所以，大家在实际生活中，在不明电压等级或者即使知道电压等级而不知其是否带电的情况下，切不可认为不触及实质性的物体就不会发生触电。不管何时，远离电力设备，是保护自身安全最有效的方法。

10. 自己测试电量

爱因斯坦的工具

一节电池

一张铝箔纸

一把剪刀

一个温度计

实验开始

一节电池，到底什么时候电量足，什么时候电量就慢慢没了呢？作下下面的小实验，就能了解了。

1. 拿出准备好的电池。

2. 把铝箔纸剪成长条备用。

3. 将铝箔纸条两端分别贴在电池两极上。

4. 在铝箔纸上贴上温度计，观察温度计的温度。

5. 如果没有温度，可以用手摸铝箔纸条，感觉它的热度。

奇妙的结果

当铝箔纸的温度过高时，说明电池的电量强；而温度下降后，说明电池的电量也在下降。

原来，电池正负极内的电流，会在铝箔纸条上来回流动，使铝箔纸发热，即电流的热效应。如果在铝箔纸温度高的时候，把一个电灯泡放在铝箔纸条上，就能使灯泡出现白热化的现象。

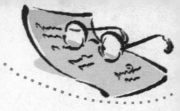

爱因斯坦告诉你

测电笔是怎样工作的

测电笔是测试电源的工具。当电流流过电笔中的稀有气体时，电笔就会发出有颜色的光。这就是测电笔的工作原理。

测电时要用手摸电笔尾部，因为这样才能形成电路，电流从电笔一端流入，经过稀有气体到达尾部，然后电流经过人体流到地下。如果不碰，那么电流就没法从电笔直接流到下面了。当然，这个电流是很小的，不会造成伤害，稀有气体电阻是很大的。

电笔发光管是氖管泡，为安全还串联了一个阻值很高的电阻，与一弹簧连接于电笔尾部，测电时手摸尾部，极弱的电流流过氖灯、电阻、人体入地。如测的是火线，氖灯就发光，因为电流极小，所以人体没有什么感觉。

测电笔是利用带电体与大地之间存在电位差的原理做成的，但是这个电位差是有下限的，当电位差小于36V时，测电笔就不会发亮了。测电笔在工作时，构成回路，氖泡是串联在电路中的，并且用电笔里面的大电阻进行降压，保护人体安全。氖泡启辉电压为50V左右，36V为人体安全电压。测电笔最高电压极限电笔上都有标志，一般不会超过500V。所以说，测电笔测试电压的范围通常在60V～500V之间。

测电笔由笔尖金属体、电阻、氖管、笔身、小窗、弹簧和笔尾的金属

体组成。当电笔测试带电体时，只要带电体、电笔和人体、大地构成通路，并且带电体与大地之间的电位差超过一定数值，测电笔中的氖管就会发光。这就告诉人们，被测物体带电，并且超过了一定的电压强度。

在使用测电笔时一定要注意使用方法，握测电笔也有一定的规则。如果用错误的握笔方法去测试带电体，很有可能会造成触电事故，因此必须特别留心。

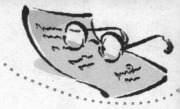

11、让日光灯管变亮

爱因斯坦的工具

一根日光灯管

一块毛绒布料

实验开始

日光灯管在没有插电的情况下，能自己发亮吗？让我们用事实说话吧。

1. 在一个较暗的房间内，把日光灯管拿出来。

2. 拿出准备好的毛绒布料。

3. 用毛绒布料用力摩擦灯管，但一定要注意安全，不要用力过度造成意外伤害。

奇妙的结果

当毛绒布料摩擦灯管后，你会发现，灯管在没有插电的情况下，自己亮了。这是为什么呢？

原来，日光灯管内壁上含有磷，当布料和灯管发生摩擦后，灯管内的电子来回反应，放出了紫外线，而紫外线又刺激了内壁上的磷，使磷发光。这样，灯管就亮起来了。

天才孩子最喜欢的科学游戏

科学游戏

磷的来历

　　磷是一种非金属元素，常见的有"白磷"和"红磷"。磷的拉丁名称由希腊文"光"和"携带"组成，也就是"发光物"的意思，元素符号是 P。磷是在 1669 年首先由德国汉堡一位叫汉林·布朗德的人发现的。他是怎么发现磷的呢？一般是说他通过强热蒸发尿取得。他在蒸发尿的过程中，偶然在曲颈瓶的接收器中发现一种特殊的白色固体，在黑暗中不断发光，不发热，不引燃其他物质，是一种冷光。亦称它为冷火。

　　磷广泛存在于动植物体中，最初从人和动物的尿以及骨骼中取得。这和古代人们从矿物中取得的那些金属元素不同，它是第一个从有机体中取得的元素。最初发现时取得的是白磷，是白色半透明晶体，在空气中缓慢氧化，产生的能量以光的形式放出，因此在暗处发光。当白磷在空气中氧化到表面积聚的能量使温度达到 40℃时，便达到磷的燃点而自燃。所以白磷曾在 19 世纪早期被用于火柴的制作中。当时白

磷的产量很少，而且白磷有剧毒，使用白磷制成的火柴极易着火，虽然效果很好，可是不安全，所以很快就不再使用白磷制造火柴。1845 年，奥地利化学家施勒特尔发现了红磷，确定白磷和红磷是同素异形体。由于红磷无毒，在 240℃左右着火，受热后能转变成白磷而燃烧，于是红磷成为制造火柴的原料，一直沿用至今。

　　其实，我们日常中说的"鬼火"就是磷在空气中自动燃烧的现象。

12. 家里的植物电池

爱因斯坦的工具

一根铜丝

一根锌丝

一个耳机

一个土豆

实验开始

土豆与金属也能反应产生电流，这可能吗？别急，我们作完下面的实验就知道了。

1. 把土豆拿出来。

2. 把铜丝和锌丝插在土豆上。

3. 拿出准备好的耳机。

4. 把耳机插头那一端轻轻接触铜丝和锌丝。

奇妙的结果

你会发现什么？

是不是从耳机里听到了清楚的嚓嚓声？

原来，这个声音正是通过电流产生的。土豆真的能产生电流？实验证明，确实是土豆和金属丝产生了电流，并且通过接触耳机插头，产生了化学反应。

科学游戏

爱因斯坦告诉你

电池的种类

我们日常生活中经常会用到电池，像手电筒、电动车、照相机等都需要安装电池，那电池到底如何分类的呢？电池的种类很多，常用电池主要是干电池、蓄电池以及体积小的微型电池。

常用的一种干电池是碳－锌干电池。负极是锌做的圆筒，内有氯化铵作为电解质，少量氯化锌、惰性填料及水调成的糊状电解质，正极是四周裹以掺有二氧化锰的糊状电解质的一根碳棒。干电池负极处锌原子成为锌离子，释出电子，正极处铵离子得到电子而成为氨气与氢气。

锌锰干电池是制造最早而至今仍大量生产的原电池。有圆柱形和叠层形两种结构。其特点是使用方便，价格低廉，原材料来源丰富，适合大量自动化生产。但放电电压不够平稳，容量受放电率影响较大。适合中小放电率和间歇放电使用。新型锌锰干电池采用高浓度氯化锌电解液、优良的二氧化锰粉和纸板浆层结构，使容量和寿命均提高一倍，并改善了密封性能。

锂电池是以锂为负极的电池。它是20世纪60年代以后发展起来的新型高能量电池。按所用电解质不同分为：高温熔融盐锂电池、有机电解质锂电池、无机非水电解质锂电池、固体电解质锂电池、锂水电池。锂电池的优点是单体电池电压高，能量大，储存寿命长，耐热耐寒性能好。缺点是价格昂贵，安全性不高。

近年来电动自行车风行，动力电池和新的正极材料大力发展，特别是磷酸亚铁锂材料的发展，对锂电发展有很大帮助。

13、被墙壁吸住的白纸

爱因斯坦的工具

一根木棍

一张白纸

实验开始

1. 把白纸按在墙上。

2. 拿出木棍，在白纸上摩擦一会儿。

3. 把手放开，观察白纸。

奇妙的结果

当手松开时，你会发现，白纸并没有掉下来，而是紧紧地贴在了墙壁上。这是为什么呢？

原来，木棍在白纸上摩擦，白纸带上了静电被吸到了墙面上。

爱因斯坦告诉你

静电的妙用

当人们慢慢了解到身边无处不在的静电后，静电技术被人们很好地利用了起来。例如：利用静电控制和处理居室内的尘螨微粒，进而减少或消除包括哮喘病在内的呼吸道疾病对药物的依赖。

在国外，健康服务机构为处理哮喘及呼吸系统疾病所支付的费用已超

天才孩子最喜欢的科学游戏

科学游戏

过了当年全部医疗费用的 10% 左右，这个数据是非常庞大的。欧洲一些国家就哮喘病的发生环境、发病机理以及改变家居环境、居住条件这两方面作了比较研究，大多数哮喘过敏患者的家居环境均有不洁净的尘螨微粒存在，这已获得了普遍证实。现代家居、住房环境是典型的尘螨微粒存在的地方，而使用装饰性床垫褥具等也为尘螨的滋生和蔓延提供了条件。

有人统计过，一般家庭里的地毯上，每平方米至少有数万个尘螨，这个数目还并非尘螨的最大密度！此外，尘螨进入人体的皮肤后，其湿度与大气湿度保持相当，很容易在人的表皮上繁殖并获取养分。

静电技术可以很好地对过敏性尘螨微粒进行控制，这也是得到了证实的。研究发现，当黏尘螨微粒带上电荷时，就会很方便地对其进行收集、黏结和控制。当然，人们也可以使用杀螨剂，杀尘螨剂是从普通植物中提炼出来的合成化合物，并经过世界卫生组织批准使用。虽然可以杀死尘螨，但那些过敏性、不洁净的微粒仍然会留在床褥上。

此外，欧洲人还设想利用静电的吸附性设计出一种新型地毯，用以增强对过敏性尘螨微粒的吸附性。

第三章

无处不在的声音

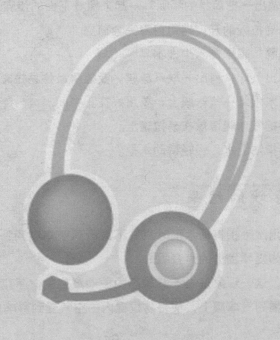

1、在家里制造小乐器

科学游戏

爱因斯坦的工具

一个易拉罐

一把剪刀

一根细木棍

一只气球

一根绳子

实验开始

如何做出一把简易的琴呢？一起来照着下面的步骤进行吧。

1. 把易拉罐的开口端用剪刀完全剪空。

2. 往易拉罐里倒入少许水。

3. 拿出气球，剪出一块气球膜，要能覆盖住易拉罐口。

4. 把木棍绑在气球膜上，要正好在正中间。

5. 再把气球膜覆盖在易拉罐上。

6. 手指沾上水，轻轻捋动木棍。

奇妙的结果

当你用湿手指捋动木棍时，是不是听到了嗡嗡声？如果幸运的话，还能听到犹如提琴发出的声音呢。

原来，这一现象是由于气球膜的振动产生的。手指捋动木棍，产生振动，并传播到气球膜上，使得易拉罐内的空气受到影响发出声音。

爱因斯坦告诉你

弦乐器和木管乐器的发声

弦乐器

弦乐器是应用振动琴弦而发出声音的，这些乐器由于操作方式的不同，又可分成弓弦乐器与拨弦乐器两种类型。

弓弦乐器的主要组成包括大家都非常熟悉的小提琴、中提琴、大提琴及低音提琴等提琴家族的四大成员。另外，今天人们称之为古提琴的维奥尔族提琴，也属于弓弦乐器。

弓弦乐器的发声原理是应用琴弓上的弓毛摩擦琴弦而发声，演奏者将弓与弦放成直角，再以适当的速度和压力拉动琴弦使琴弦振动。改变拉弓的速度或压力，可以改变振幅而使音量产生变化。至于声音高低的变化，则是靠左手按弦，改变琴弦的振动长度而成。而其音色的控制，主要取决于拉弓技巧及左手按弦的技巧，如抖音。

拨弦乐器的发声原理是利用手指或琴拨来拨动琴弦而发声。它的主要成员包括吉他、鲁特琴、竖琴和曼陀林。

木管乐器

木管乐器是由木料制成的管状吹奏乐器。包括长笛、短笛、单簧管、双簧管、英国管、低音管及倍低音管。其中长笛和短笛到了近代多改用金属制造，但由于先前的历史，人们还是把它归在木管乐器的范围。

天才孩子最喜欢的科学游戏

木管乐器的发声原理是演奏者向管中吹气，以吹出的气流使管中的空气柱发生振动而发声。至于高音的变化则是用手指直接按孔或操作按键来控制管身上小孔的开关，使管中空气柱的长度产生改变而发出不同的音高。

木管乐器按照吹奏方式以及使空气柱振动装置的不同，可以分无簧、单簧与双簧三种类型。

无簧木管乐器的成员包括长笛及短笛。长、短笛在管身均开有一个小吹口，吹口周围围着一块弯曲的薄板。演奏者将气吹过这块薄板，使气流被嘴唇对面小孔的锋利边缘所分散，这股受压的气流便会振动管中的空气柱发出声音。

单簧木管乐器主要是由竖笛家族的成员构成。竖笛和长笛在吹奏方式上不同的地方在于，竖笛管身上没有吹气用的小孔，而是在管身顶端加装了一个吹嘴。吹嘴上固定了一个薄簧片，演奏者口含吹嘴吹气，使簧片发生振动，进而使气流振动管中的空气柱而发声。

双簧木管乐器的成员包括双簧管、英国管、低音管及倍低音管。双簧乐器在管身上插有一根细长的金属管，金属管上端固定了两块薄簧片。演奏者口含簧片吹气，使簧片发生振动，受压的气流再振动管中的空气柱而发声。

2、听金属片的摆动声

爱因斯坦的工具

一块金属片

两根绳子

实验开始

1. 两根绳子的一端拧在一起。

2. 拿出金属块，把拧在一起的绳子那端系在金属块上。

3. 两根绳子的另外一端分别缠绕在手指上。

4. 把缠上绳子的手指插入耳朵里。

5. 把金属块插在树上，拨动金属片让它来回摆动，拉直手上的绳子。

奇妙的结果

你听到了什么？

是不是听到类似于嗡嗡的响声。原来，通过碰撞，金属片发生振动，然后通过绳子和手指传递到耳朵里。

爱因斯坦告诉你

声音的产生

声音是由物体振动产生的，正在发声的物体叫声源。声音只是压力波通过空气的运动。压力波振动内耳的小骨头，这些振动被转化为微小的电

子脑波，它就是我们觉察到的声音。内耳采用的原理与麦克风捕获声波或扬声器的发音一样，它是移动的机械部分与气压波之间的关系。在声波音调低、移动缓慢时，我们实际上可以"感觉"到气压波的振动。我们说话或唱歌时，手轻按喉头周围，感觉到声带振动。类似的经验如音乐播放时，手轻摸音箱，感觉到振动。或打响一面鼓，再用手按住鼓面，会有发麻的感觉。

人主观上感觉声音的大小，俗称音量，由振幅决定，振幅越大，声音越大。声音的高低由频率决定，频率越高，音调越高。正常人能够听见20赫到20000赫的声音，而老年人的高频声音减少到10000赫左右。人们把频率高于20000赫的声音称为超声波，低于20赫的称为次声波。人的声音频率在100赫到10000赫范围内。

与人类不同的是，蝙蝠能够听见频率高达120000赫的超声波，它发出的声波频率也可达到120000赫。蝙蝠发出的声音，频率通常在45000赫到90000赫范围内。狗能听见高达50000赫的超声波，猫能听见高达60000赫以上的超声波，但是狗和猫发出的声音都在几十赫到几千赫的范围内。

飞机上运用到的雷达，就是受到蝙蝠的启发而制造出来的。

3. 声音的特殊用途

爱因斯坦的工具

两个金属盆子

两个支架

几支蜡烛

几个蜡烛台

几个小鞭炮

实验开始

当着火时，可以选择用水灭火或者用灭火器灭火等很多方法。那么，用声音也能灭火吗？一起来看看到底会是什么结果。

1. 把准备好的支架拿出来，支在地上。

2. 把两个金属盆子分别放在两个支架上，要保持水平位置一样。

3. 把蜡烛插在蜡烛台上。

4. 把插好蜡烛的蜡烛台放在两个金属盆子中间，把第一个烛台的距离放在焦点上。

5. 将其他几支蜡烛调节好位置，全部与焦点同高。

6. 点燃蜡烛，拿出小鞭炮。

7. 用绳子将小鞭炮吊着放在盆子的焦点上，对准其一个盆的盆底，点燃鞭炮。

奇妙的结果

你发现了什么？是不是看到第一支蜡烛熄灭了呢？

原来，声音的传播规律与光线的传播规律相似，当声音通过凹面时，会发生反射，然后射出，使烛焰熄灭。

爱因斯坦告诉你

声音灭火的科学研究

声音是由振动产生的，然后以波的形式传播，波只是介质中的一种压力振动。振动从声源处开始传播，不断循环往复地导致空气变疏和变密，从而在空气中形成疏密相间，或者高低压相间的纵波形式向前传播。

气体的温度、压力和体积是相互联系的，因此空气局部压力的降低会导致局部的空气温度降低，而这降低了的温度的空气正好碰到焰心，火焰就会因焰心处的温度过低而熄灭。这与风吹熄火焰的道理相似，风之所以能够吹熄火焰，是因为空气的流动。用较冷的空气把火焰附近较热的空气吹走，焰心处温度过低，再加上火焰的飘摇不稳，从而很快熄灭。

火焰熄灭的难易与声音的频率密切相关，在研究者试验了 5 赫兹到几百赫兹的声音后发现，40～50 赫兹的声音熄灭火焰最有效。而且声音的强度越高，声波的高压波峰与低压波谷之间的振幅越大，火焰越容易熄灭。因此还有人根据这些现象来推测，是声波导致的疏密程度和压力不断剧烈变化的空气把火焰给折腾灭的。

现在，科学家正在研究声音熄灭火焰的确切原理，想把这种现象用在太空舱封闭的环境里，或者是用于地球上怕水的易燃物质，例如博物馆中珍贵的字画以及存储数据的电器设备等。

天才孩子最喜欢的科学游戏

科学游戏

4. 共振的小球球

爱因斯坦的工具

两根同等长的细绳

一根长绳

胶条

两个同等大小的塑料球

实验开始

1. 取出塑料球，把它们粘在细绳上。

2. 把细绳粘在长绳上，塑料球向下摆动。

3. 调整好细绳的距离，用手摇动其中一个塑料球。

奇妙的结果

你会有什么发现呢？是不是看到当摇动后的那个塑料球停止运动后，另一个原来不动的塑料球却开始运动了。

原来这是"摆的共振"原理，导致了这一现象的发生。当塑料球停止运动后，绳子把振动传递给另一个塑料球，所以，另一个塑料球开始振动。

爱因斯坦告诉你

无处不在的共振

什么是共振以及共振现象呢？

共振是指一个物理系统在特定频率下，以最大振幅作振动的情形。这

一特定频率称为共振频率。自然界中有许多地方有共振现象。人类也在其技术中利用或者试图避免共振现象。一些共振的例子有：乐器的音响共振，太阳系一些类似行星的卫星之间的轨道共振，动物耳中基底膜的共振，电路的共振，等等。

人除了呼吸、心跳、血液循环等都有其固有频率外，人的大脑进行思维活动时，产生的脑电波也会发生共振现象。类似的共振现象在其他动物身上同样普遍地存在着。我们喉咙间发出的每个颤动，都是因为与空气产生了共振，才形成了一个个音节，构成一句句语言，我们才能用这些语言来表达我们的情感和进行社会交往。

大气层中的臭氧层借助于共振的威力，阻止了紫外线的侵入。当紫外线经过大气层时，臭氧层的振动频率能与紫外线产生共振，使这种振动吸收了大部分紫外线。但仍有少部分紫外线能够到达地球表面。这部分紫外线经过地球吸收后，能量减少，变为红外线，扩散回大气中。而红外线的热量恰好和二氧化碳产生共振，然后被"挽留"在大气层中，使大气层保有一定温度，适合万物生长。

现在看来，共振真的是与我们密切相关的一个现象，共振现象可以说是一种宇宙间最普遍和最频繁的自然现象之一。所以，在某种程度上甚至可以这么说，是共振产生了宇宙和世间万物，没有共振就没有世界。

5、简易的留声机

爱因斯坦的工具

一张纸

一根木棍

一张旧唱片

实验开始

1. 把木棍一头削尖，另一头从中间慢慢劈开一条缝。

2. 把纸夹在缝隙中。

3. 把木棍削尖的一头立放在旋转的旧唱片中。

奇妙的结果

你可以清楚地听到旧唱片通过纸重新发出了音乐声。

原来，木头尖在唱片沟纹中振动，并且传递给纸，振动变成声波后，通过空气又传回了人的耳朵里。

爱因斯坦告诉你

留声机的历史

留声机又叫电唱机，是一种放音装置，其声音储存在以声学方法在唱片平面上刻出的弧形刻槽内。唱片置于转台上，在唱针之下旋转，旋转的过程中就发出了声音。

留声机诞生于 1877 年。世界上发明留声机的人就是誉满全球的发明大王——托马斯·阿尔瓦·爱迪生。他根据电话传话器里的膜板随着说话声会引起震动的现象，拿短针作了试验，从中得到很大启发。说话的快慢高低能使短针产生相应的不同颤动。那么，反过来，这种颤动也一定能发出原先的说话声音。

于是，他开始研究声音重发的问题。1877 年 12 月，他公开演示了留声机，外界舆论马上把他誉为"科学界之拿破仑·波拿巴"，是 19 世纪最引人振奋的三大发明之一。

留声机的发展史：

1878 年，爱迪生成立制造留声机的公司，生产商业性的锡箔唱筒。这是世界上第一代声音载体和第一台商品留声机。

1885 年，美国发明家奇切斯特·贝尔和查尔斯·吞特发明了留声机，采用一种涂有蜡层的圆形卡纸板来录音的装置。

1887 年，旅美德国人伯利纳获得了一项留声机的专利，研制成功了圆片形唱片和平面式留声机。

1888 年，伯利纳制作的世界第一张蝶形唱片和留声机在美国费城展出。

1891 年，伯利纳研制成功以虫胶为原料的唱片，发明了制作唱片的

方法。

1895 年，爱迪生成立国家留声机公司，生产、销售用发条驱动的留声机。

1898 年，伯利纳在伦敦成立英国留声机公司，并将工厂设在德国汉诺威。

1898 年，丹麦工程师普尔森发明了可以实际应用的磁性录音机。

1912 年，圆筒式录音被淘汰。

1924 年，马克斯菲尔德和哈里森成功设计了电气唱片刻纹头，贝尔实验室成功地进行了电气录音，录音技术得到很大提高。

1925 年，世界上第一架电唱机诞生。

1931 年，美国无线电公司试制成功 331/3 转/分的密纹唱片。

1945 年，英国台卡公司用预加重的方法扩展高频录音范围，录制了 78 转/分的粗纹唱片。

1948 年，美国哥伦比亚公司开始大批量生产 331/3 转/分的新一代密纹唱片，成为唱片发展史上具有划时代意义的大事。

1935 年，德国柏林的通用电气公司研制成功使用塑料磁带的磁带录音机。

1963 年，荷兰生产音频盒式磁带。唱片的黄金年代渐渐远去。

6. 怎样看到发出的声音

天才孩子最喜欢的科学游戏

科学游戏

爱因斯坦的工具

一个空盒子

一只气球

一把剪刀

一个小镜片

实验开始

声音能听到，也能看到吗？有人一定会说：声音怎么可能会看到呢？那么，就来一起作个小游戏吧。

1. 把空盒子的顶面和底面分别打通。

2. 拿出一只气球，剪下一块，包裹住其中的一面。

3. 把小镜片贴在气球膜的那一面。

4. 在阳光下，让小镜片的光线反射到墙面上。

5. 对着没有包裹上气球的那一面说话，观察墙上光线的变化。

奇妙的结果

你看到了什么？

是不是发现墙上反射过去的光线一直跳跃不停？大家都知道，声音是由振动产生的。当你冲着空盒子说话时，振动了空盒一侧的气球膜，又从气球膜传到了小镜片，使小镜片也发生了振动，这样就出现了照在墙面的光线一直跳跃不停的现象。

爱因斯坦告诉你

声音的介质和传播速度

声音是由振动产生的，如声带，传播要通过媒介，把这种振动的能量传开，比如通过空气分子的振动向四周扩散开。空气就充当了声音的介质。同样，固体、液体都可以充当声音的介质，基本上没有哪种东西不能传递声波。所谓真空也不是真正空无一物，只是因为"真空"中分子或粒子之间间距过大，无法产生足够振动，带动周围物质一起振动达到传递声音的目的。因此也就可以简单理解为什么在固体中声波传递比在气体中快，固体中分子的间距比气体中小，能够产生更多的分子振动和减少传递过程中能量的损失。

声音在空气中的传播速度还与压强和温度有关。

声音在空气中传播的速度随温度的变化而变化，温度每上升或下降5摄氏度，声音的速度上升或下降3米/秒。

声音的传播最关键的因素是要有介质，介质指的是所有固体、液体和气体，这是声音能传播的前提。物理参量与声源离观察者的距离、声源的振动频率与传播介质有关。

声音在不同介质中的传播速度为：

空气（15 摄氏度）：340 米每秒；

空气（25 摄氏度）：346 米每秒；

水（常温）：1500 米每秒；

钢铁：5200 米每秒；

冰：3230 米每秒；

软木：500 米每秒。

天才孩子最喜欢的科学游戏

科学游戏

7、声音的轨迹

爱因斯坦的工具

一支激光笔

一只气球

一根橡皮筋

一个小镜片

一把剪刀

一个小盒子

一些双面胶

实验开始

声音竟然能画画，说出来谁会相信？别急，我们来作个小游戏就知道真假了。

1. 拿出小盒子，用剪刀把盒子顶部和底部剪空。

2. 再用剪刀剪下一块气球膜。

3. 把气球膜包裹在盒子剪空的一侧，用橡皮筋固定好。

4. 拿出小镜片，用双面胶粘在气球膜上。

5. 用激光笔照在镜片上，再

调整镜片角度，使光线打在墙壁上。

6. 调好角度后，对着盒子大声或小声地说话，观察光线的变化。

奇妙的结果

你看见了什么现象呢？当大声或小声说话时，出现的现象有什么不同呢？是不是随着你的声音高低的变化，光线打出来的图形也不一样呢？就像画画一样，而且是不同的画展现在你的面前。

原来，因为声音产生的振动，通过一些器材会产生声波，再经过镜子的反射，就会出现很有趣的图案，也就是声圈。声音高低不同，声圈就不一样，出现的图形也就不一样。

爱因斯坦告诉你

声波和次声波

声音以波的形式传播着，我们把它叫做声波。声波借助各种媒介向四面八方传播。声源体发生振动会引起四周空气振荡，那种振荡方式就是声波。在开阔空间的空气中，那种传播方式像逐渐吹大的肥皂泡，是一种球形的阵面波。

声音是指可听声波的特殊情形，例如对于人耳的可听声波，当那种阵面波达到人耳位置的时候，人的听觉器官会有相应的声音感觉。

次声波的传播速度和可闻听波相同，由于次声波频率很低，大气对其吸收甚小，当次声波传播几千千米时，其吸收还不到万分之几，所以它传播的距离较远，能传到几千米至十几万千米以外。有资料显示：1883 年 8 月，南苏门答腊岛和爪哇岛之间的克拉卡托火山爆发，产生的次声波绕地球 3 圈，全长 10 多万公里，历时 108 小时。1961 年，苏联在北极圈内新地岛进行核试验激起的次声波绕地球转了 5 圈。

次声波还具有很强的穿透能力，可以穿透建筑物、掩蔽所、坦克、船

天才孩子最喜欢的科学游戏

科学游戏

只等障碍物。7000 赫兹的声波用一张纸即可挡住，而 7 赫兹的次声波可以穿透十几米厚的钢筋混凝土。一定强度的次声波还能使人头晕、恶心、呕吐、丧失平衡感，甚至精神沮丧。有人认为，晕车、晕船就是车、船在运行时伴生的次声波引起的。强烈的次声波还能使人耳聋、昏迷、精神失常，甚至死亡。

8、杯子里发出的乐声

爱因斯坦的工具

几个玻璃杯

实验开始

1. 把玻璃杯并排放在桌面上。

2. 手洗干净。

3. 手指沿着玻璃杯缓缓运动。

奇妙的结果

这时会发生什么?

是不是听到玻璃杯持续地发出声音,就像在唱歌一样。这是什么原因呢?

原来,手指碰到玻璃杯,玻璃杯发出声波,声波不会因手离开玻璃杯而马上停止,而是继续传递到其他玻璃杯上,延续的声波就发出了犹如美妙音乐的声音。

爱因斯坦告诉你

共振的威力

取一只普通电脑用的木质有源音箱,正对着高脚酒杯放置。

把音箱接通电源并打开开关。在电脑上用 ChenQ 虚拟信号发生器软

件，可以完成 20～20000 赫兹连续扫频，将输出信号波形调成正弦波。频率先设定为 500 赫兹，然后每隔 10 赫兹上调，依不同的玻璃杯，振碎频率约在 800～900 赫兹左右。只要调到恰当的频率，玻璃杯就会振碎。因为玻璃杯碎时可能会引起玻璃碴飞溅，所以在作这个实验时一定要做好保护措施，配戴防护镜，最好透过透明有机玻璃板隔离观察。

为什么声波能振碎玻璃杯呢？原来，当声波的频率接近玻璃杯固有频率时，玻璃小颗粒和声波共振。越接近振动幅度越大，大到一定程度时就碎了。当然，要使玻璃杯破碎，还需要扩音设备和使该声波和玻璃杯的固有频率相近或一致。这样，当声波到达玻璃杯后，会使得玻璃杯的杯体按照声波的波形振动而产生形变，当共振振幅达到最大时，玻璃本身无力支撑这种形变，玻璃杯便被振裂了。

除了玻璃杯，有一则故事也说明了共振的强大威力。19 世纪中叶，在法国里昂附近有一座 102 米长的桥，一队士兵以整齐的步伐走在桥上，突然桥面发生共振而倒塌，士兵落入水中，在事故中共死亡 226 人。此后，部队过桥不许齐步走了，只许便步走。

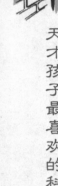
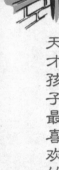

9. 瓶子里的声音

爱因斯坦的工具

一个瓶子

一把剪刀

几个铃铛

一根绳子

一支蜡烛

一张纸

实验开始

有时候，同样的声音为什么会忽大忽小呢？想知道这一原因，就来作下面的小游戏吧。

1. 打开瓶子，取下瓶盖。

2. 用剪刀在瓶盖上钻一个小孔。

3. 把绳子穿过小孔，一端系上铃铛，并放在瓶内。

4. 盖上瓶盖，摇动瓶子。

5. 打开瓶盖，点燃蜡烛，燃烧纸张。

6. 把燃烧的纸迅速扔进瓶子里。

7. 盖上瓶盖，摇动瓶子。

奇妙的结果

前后两次摇动瓶子所发出的声音的音量一样大吗？是不是没燃烧纸之

科学游戏

前的声音要比燃烧纸之后的声音大呢？难道声音还会消失？

原来，声音的传播需要介质，而空气就是最常见的传播介质。当瓶内燃烧纸张后，瓶内的空气受热膨胀被挤出了一些，空气减少后，自然就会影响声音的传播，所以，声音听起来就低了。

爱因斯坦告诉你

声音的传播特性

声音在空气中传播时，爱挑温度低、密度大的道路走，因为声音的传递需要介质，温度低、密度大的地方分子活动越弱，在传递声音时容易同步，损耗越小。这是遵循能量最低的原理，就像水往低处流，也是遵循能量最低原理。密度大的地方，也就是分子之间距离相对较近，振动空气分子向前传递声波所需要消耗的能量就少，所以会走这个地方了。

耳朵贴在铁轨上可以听到远处的火车声，潜入水下可听到远处的汽艇声。当然，在还原声音的质量上气导方式更好，这是由于人的耳朵结构更适应空气传播方式的缘故。耳膜更善于捕捉来自空气的振动声波。

约1700年前，意大利科学家托里切利就提出了声音是以空气为介质来传播的理论。他曾经想过利用铃声无法在真空中传播的实验来证明自己提出的主张，但是因为当时制造真空状态的技术不够成熟，所以无法达成心愿。后来，英国物理学家波耳发明了抽气机，将装有铃铛的容器抽成真

空，重作实验，证实了托里切利提出的观点。

声音是具有一定速度的，最早测量声速的方法是测出声音通过一定距离所需的时间而得到的。但这种方法误差很大，距离远了，声音衰减到无法接收的地步，当然是不行的；距离近了，计时反应跟不上。后来又采用了多次声、光复合法和声波干涉法测定。再后来，采用更为精确的专业测定方法，终于测得声音在空气中的速度是 340 米/秒。

天才孩子最喜欢的科学游戏

科学游戏

10、变形的声音

爱因斯坦的工具

一台录音机

实验开始

想不想听到自己说话的声音？

1. 找一台录音机，插好电源。

2. 打开录音机的电源开关。

3. 打开录音机开始录音的按钮。

4. 提示开始录音后，开口说话。

奇妙的结果

当录好声音后，倒回到开始，然后播放刚才录下的自己说话的声音。你会有什么感觉？是不是觉得，这好像不是自己的声音，跟平时听到的自己的声音不太一样？

原来，收音机里的声音是直接通过空气振动传播出来的，而我们平时听到的声音，除了空气振动传播的声音外，还有我们自己头骨振动传播出来的声音，所以听起来自然就不一样了。

爱因斯坦告诉你

骨导传音

骨头也能传导声音，你相信吗？

事实上，骨头是声音的良导体。声音的振动还可以不经过外耳、中耳而直接传到内耳，这正是依靠头盖骨本身传达的。如果我们把敲响的音叉的尾部靠紧头顶或耳后的乳状突骨上或牙上，同时，把耳朵封堵塞紧，虽然这时声音经过空气不能传达到耳朵，但音叉的振动可经过头盖骨传入内耳，刺激听觉神经，我们仍然能清楚地"听"到声音。这种传导方式叫做骨导。

通过头部骨骼传导的声音主观感觉起来会有些失真。太空通讯方式研究就涉及这个问题，因为在接近真空的环境中，没有空气介质传递声波。拾音设备紧贴喉头捡拾振动信号，播放设备则紧贴颅骨。所以，气导、骨导都会为人类所利用。

骨导还能很好地为耳聋患者传递声音。例如，音乐家贝多芬耳聋后，就是用一根棒来听钢琴演奏的。他打开钢琴上盖，把棒的一端接触在钢琴上，另一端咬在自己的牙齿中间，钢琴发声时的振动传到棒上，再由齿骨传到内耳。有些耳聋者，耳朵鼓膜被破坏，但内部听觉器官完好，他们能依着音乐的拍子跳舞，就是因为音乐的声音经过地板和他们的骨骼传到听觉器官的缘故。

骨导耳机就是振动式耳机。其工作原理是利用高灵敏度的振动传感器，将电信号转化为骨头振动，从而听到声音。振动式耳机最大的优点是具有非常好的抗噪音能力，而且可以给耳朵失去听力的人使用。

第四章

神奇的磁力

1、能阻断磁力的东西

爱因斯坦的工具

一块磁铁

一把剪刀

一把小刀

一张白纸

一些曲别针

一些线

一些胶条

实验开始

磁铁的磁性能被去掉或者消失吗？大家一起来试验一下吧。

1. 把磁铁粘在桌子边缘。

2. 把曲别针绑在线上，并且靠近磁铁。

3. 把绑在曲别针上的线粘在地面上，一定要保证曲别针悬浮在磁铁下面。

4. 把白纸放在曲别针和磁铁中间。

5. 把小刀放在磁铁和曲别针中间。

6. 把剪刀放在磁铁和曲别针中间。

奇妙的结果

你发现了什么现象呢？是不是当小刀放在两者中间时，磁铁对曲别针

就不再有吸引力。而当放进白纸时却毫无影响，磁铁还是吸引着曲别针。当剪刀放在两者中间时，打开剪刀还会有吸引力，合上剪刀时是不是就又没有吸引力了？

原来，磁力可以通过某些物体，但也有一些物体是磁力无法通过的。从上面的试验可以看到，磁力是不能通过剪刀或者小刀这样的物体的，却能直接通过白纸这样的物体。

爱因斯坦告诉你

了解磁力

磁力是物体所具有的吸引铁的一种能力，这是一种最常见的物理现象。

磁力的作用已为人类所了解和运用了几个世纪。然而，科学家们仍然不能准确地获知，磁力到底是怎么产生的。具有磁力的铁矿被称为磁铁。磁铁的应用非常广泛。所有的电动机都装有磁铁，电话机、录音机和扩音器里也都装有磁铁。它有无形的力，既能把一些东西吸过来，又能把一些东西排开。磁力既然是力，那么它就有大小，而磁力的大小与磁体本身有着密不可分的关系。

磁力是靠电磁场来传播的，电磁场的速度是光速，自然磁力作用的速度也是光速了。磁力由于现在还不清楚它的本质，所以还没有人清楚会不会有磁力黑洞这样的东西，而且宇宙中目前也没观测到那么强大的磁场。

不过，磁力若不能使时空弯曲的话，应该不会形成磁黑洞。

　　磁力是力的一种，磁体本身并不存在磁力，是两个磁体之间的相互作用产生了磁力。所以只能说磁铁的两极磁性最强，而不能说磁铁两极磁力最大。当说到磁体的性质时，必须说磁性，而说到磁体间的相互作用时，应该说磁力。

　　物体吸引铁、钴、镍等物质的性质叫做磁性。磁性是指磁体能够吸引物质的一种特性，它是由磁体本身的性质决定的。

2. 用磁作"动力"的小船

爱因斯坦的工具

一块浮木

一根铁钉

一盆水

一块磁铁

实验开始

1. 把浮木做成一只小船的形状。
2. 把铁钉从木船底部钉入。
3. 把带有铁钉的木船放入盆中水面上。
4. 拿出磁铁在水盆底部慢慢移动。

奇妙的结果

在这里，磁铁一定是强磁铁，这样才能保证这个游戏的成功。当把磁铁放在水盆底部并移动时，你会看到，木船也会随着磁铁慢慢移动。

原来，这主要是铁钉和磁铁间的互相吸引造成的。木船上的铁钉受到磁铁磁性的吸引，跟着磁铁作滑动。

爱因斯坦告诉你

磁悬浮列车

磁悬浮列车是利用"同性相斥，异性相吸"的原理，让磁铁具有抗拒

地心引力的能力，使车体完全脱离轨道，悬浮在距离轨道约 1 厘米处，腾空行驶，创造了近乎"零高度"空间飞行的奇迹。

目前世界上有三种类型的磁悬浮。一是以德国为代表的常导电式磁悬浮；二是以日本为代表的超导电动磁悬浮，这两种磁悬浮都需要用电力来产生磁悬浮动力；第三种就是我国的永磁悬浮，它利用特殊的永磁材料，不需要其他任何动力支持。日本和德国的磁悬浮列车在不通电的情况下，车体与槽轨是接触在一起的，而利用永磁悬浮技术制造出的磁悬浮列车，在任何情况下车体和轨道之间都是不接触的。

我国永磁悬浮与国外磁悬浮相比，有五大优势：一是悬浮力强，二是经济性好，三是节能性强，四是安全性好，五是平衡性稳定。

世界上第一条磁悬浮列车示范运营线——上海磁悬浮列车建成后，从浦东龙阳路站到浦东国际机场，三十多公里只需六七分钟。

电磁悬浮技术的主要原理是利用高频电磁场在金属表面产生的涡流来实现对金属球的悬浮。将一个金属样品放置在通有高频电流的线圈上时，高频电磁场会在金属材料表面产生一高频涡流，这一高频涡流与外磁场相互作用，使金属样品受到一个洛伦兹力的作用。在合适的空间配制下，可使洛伦兹力的方向与重力方向相反，通过改变高频源的功率使电磁力与重力相等，即可实现电磁悬浮。

3. 寻找磁力的轨迹

爱因斯坦的工具

一块磁铁

一张白纸

一些铁屑

实验开始

1. 把磁铁放在桌面上。

2. 在磁铁上面放上一张白纸。

3. 把铁屑均匀地撒在白纸上，轻轻敲打白纸。

奇妙的结果

这时候，白纸上就会出现磁力线图像。磁力线图像很清楚地显示出磁力作用的方向，你可以很清楚地观察磁力间的相互作用。

爱因斯坦告诉你

磁力线

磁力线又叫做磁感线，是形象地描绘磁场分布的一些曲线。任意两条同向磁力线之间相互排斥，因此不存在相交的磁力线。人们将磁力线定义为处处与磁感应强度相切的线，磁感应强度的方向与磁力线方向相同，其大小与磁力线的密度成正比。了解磁力线的基本特点是掌握和分析磁路的的基础。

磁力线具有下述基本特点：

磁力线是人为假象的曲线；

磁力线有无数条；

磁力线是立体的；

所有的磁力线都不交叉。

磁力线的相对疏密表示磁性的相对强弱，即磁力线疏的地方磁性较弱，磁力线密的地方磁性较强。

磁力线总是从 N 极出发，进入与其最邻近的 S 极，并形成闭合回路。当铁磁材料未饱和时，磁力线总是垂直于铁磁材料的极性面。当铁磁材料饱和时，磁力线在该铁磁材料中的行为与在非铁磁性介质中一样。

由于磁力线具有这样的基本特性，因此介质的磁化状态取决于介质的磁学特性和几何形状。显而易见，在通常情况下，介质都处于非均匀磁化状态，也就是说通常介质内部的磁力线都呈曲线状态且分布不均匀；另外，在自然界虽存在电的绝缘体，但不存在磁的绝缘体（除超导体物质），使得通常的磁路都存在漏磁。介质处于非均匀磁化状态和磁路都存在漏磁这两个特征，决定了磁路的准确计算非常复杂。

4、制作磁力串珠

爱因斯坦的工具

一块大磁铁

几颗小铁珠

实验开始

1. 拿出准备好的大磁铁，两指捏住。

2. 先让大磁铁吸住第一颗小铁珠。

3. 然后，再把剩下的小铁珠依次附在上一颗铁珠上。

4. 成串状儿垂挂，然后静静等待，并且观察。

奇妙的结果

开始的时候，小铁珠能全部连在一起，但过一会儿就会掉下去。原来，磁铁会把一部分磁性传递给小铁珠，但这是有限的。当磁性消耗完，小铁珠自然就会掉下去。

爱因斯坦告诉你

磁性材料的分类

磁性材料现在主要分软磁和硬磁两大类。

软磁包括硅钢片和软磁铁芯。硬磁包括铝镍钴、钐钴、铁氧体和钕铁硼。其中，最贵的是钐钴磁钢，最便宜的是铁氧体磁钢；性能最高的是钕铁硼磁钢，性能最稳定、温度系数最好的是铝镍钴磁钢。

　　磁性材料主要是指由过渡元素铁、钴、镍及其合金等组成的能够直接或间接产生磁性的物质。磁性材料从材质和结构上讲，还可分为金属及合金磁性材料和铁氧体磁性材料两大类，铁氧体磁性材料又分为多晶结构和单晶结构材料。

　　从应用功能上讲，磁性材料分为：软磁材料、永磁材料、磁记录－矩磁材料、旋磁材料等等。软磁材料、永磁材料、磁记录－矩磁材料中既有金属材料，又有铁氧体材料。而旋磁材料和高频软磁材料就只能是铁氧体材料了，因为金属在高频和微波频率下将产生巨大的涡流效应，导致金属磁性材料无法使用，而铁氧体的电阻率非常高，能有效地克服这一问题，得到广泛应用。磁性材料从形态上讲，包括粉体材料、液体材料、块体材料、薄膜材料等。

　　磁性材料的应用很广泛，可用于电声、电信、电表、电机中，还可做记忆元件、微波元件等。还可用于记录语言、音乐、图像信息的磁带，计算机的磁性存储设备，乘客乘车的凭证和票价结算的磁性卡等。

5. 制作磁力打捞工具

爱因斯坦的工具

一些纸片

一把剪刀

一块磁铁

一些订书钉

一根木棍

一盆水

一些绳子

实验开始

1. 用剪刀把纸片剪成各种各样的小鱼的形状。

2. 然后，每张小鱼纸片上都钉上几个订书钉。

3. 把小鱼纸片放入盛好水的水盆中。

4. 拿出木棍，系上绳子。

5. 绳子的另一头系上磁铁。

6. 拿着木棍，把磁铁一端靠近水面。

奇妙的结果

磁铁就相当于鱼饵，当磁铁靠近水面时，很轻松就可以把小鱼吊上来了。看来，即使是在水中，磁铁的吸力也是不容小看的。

爱因斯坦告诉你

磁铁的作用

　　磁铁能吸引由铁、钢、钴或者其他一些磁性材料构成的物体。磁铁之所以能吸引这些物体，是因为磁铁的某一磁极在靠近物体时会将物体的这一端磁化为与其相异的磁极，继而相互吸引。比如，磁铁的 N 极会将物体的最靠近部分磁化为 S 极。此时，物体的另一端会变为 N 极。

　　磁铁被皮革包起来以后，磁铁与被吸物之间的距离，至少就会增加一层皮革的厚度，当然对被吸物的吸力会明显减小；也可理解为皮革这类非磁性物质，大大增加了磁路中的磁阻，使磁通量减少。水因为不会明显地增加磁铁与被吸物之间的距离，影响不明显。

　　有趣的是，在有的城市的环城河边，有的人会用长绳系磁铁，在水里"钓"钢管。他们用的绳子长约 10 米，绳子末端拴着一个拳头大小的锁状磁铁块。像钓鱼一样，他们先把磁铁块甩到河中央，等磁铁沉到水底，就慢慢地往回拽绳子。一旦绳子一沉，他们便面露喜色，双手交替着，小心翼翼地向上拉绳，等绳子出了水面，一根锈迹斑斑的钢管就被磁铁拖了出来。这个想法源自他们看到河道边的工地常有钢材不慎落水，觉得很可惜，于是就找来可在河底搜索钢铁制品的专业工具，把钢材"钓"上来卖钱。

6. 亲手制作指南针

爱因斯坦的工具

一段磁带

一把剪刀

一块磁铁

一盆水

实验开始

想不想亲自做一个指南针？想的话就照着下面的步骤做吧。

1. 把磁带扯出一段，用剪刀剪下指针大小的一段。

2. 将剪下来的磁带一端放在磁铁上摩擦几下。

3. 拿出水盆，倒入水。

4. 再把摩擦过的磁带放进水盆中的水面上。

奇妙的结果

磁带在水中转动一会儿之后，就会停下来，而且正好是一端指南，一端指北。

磁带本身涂有硬磁性材料，经过磁化后会保持磁性。所以，当磁带在磁铁上摩擦后就带有了磁性，在地球磁力的影响下，就成了一个指南针。

磁石和指南针

天才孩子最喜欢的科学游戏

科学游戏

先秦时代，我们的先人在探寻铁矿时常会遇到磁铁矿，即磁石。汉朝以前，人们把磁石写做"慈石"，是慈爱石头的意思。既然磁石能吸引铁，那么是否还可以吸引其他金属呢？

我们的先人作了许多尝试，发现磁石不仅不能吸引金、银、铜、铝等金属，也不能吸引砖瓦之类的物品。西汉的时候，人们已经认识到磁石只能吸引铁，而不能吸引其他物品。在生产劳动中，人们又发现了磁石的指向性。经过多次实验和研究，终于发明了可以实用的指南针。地球是个大磁体，其地磁南极在地理北极附近，地磁北极在地理南极附近。指南针在地球的磁场中受磁场力的作用，所以会一端指南一端指北。

指南针是用以判别方位的一种简单仪器。指南针的前身是中国古代四大发明之一的司南，主要组成部分是一根装在轴上可以自由转动的磁针。磁针在地磁场作用下，能保持在磁子午线的切线方向上。磁针的北极指向地理的北极，利用这一性能可以辨别方向，常用于航海、大地测量、旅行及军

事等方面。古代民间常用薄铁片剪裁成鱼形，鱼的腹部略下凹，像一只小船，磁化后浮在水面上，就能指引南北方向。当时以此作为一种游戏。东晋的崔豹在《古今注》中曾提到这种"指南鱼"。

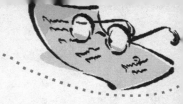

7、被吸引的铅笔

爱因斯坦的工具

一支圆形铅笔

一支带有棱角的铅笔

一块磁铁

实验开始

1. 把带有棱角的铅笔放在桌面上。

2. 再把圆形铅笔平衡地搭在棱角铅笔上。

3. 拿出磁铁慢慢靠近圆形铅笔的笔尖。

奇妙的结果

是不是很神奇？铅笔竟然慢慢转到了磁铁这边。这是怎么回事呢？原来，是铅笔芯，也就是石墨受到了磁铁的吸引，慢慢地向磁铁靠近。

爱因斯坦告诉你

磁力的个性

每块磁铁都有两个磁极，分别是北极和南极，磁极位置的磁性最强。当一块磁铁被分成两部分或更多部分，每部分就会变成一块新的磁铁，即拥有两个磁极。

异性磁极相吸引，同性磁极相排斥。当把两块磁铁的 N 极放在一起

科学游戏

时，两块磁铁会互相排斥。也就是说，它们会向相反方向移动。把不同磁铁的S极放在一起，同样如此。当把一块磁铁的N极靠近另一块磁铁的S极时，两块磁铁就会互相强烈吸引，会彼此移近。在相隔较远的情况下，磁铁之间不一定能产生排斥或吸引的磁力反应，因为磁力发生作用有一定的距离限制。磁力能够发生作用的范围，称为磁场。距磁铁越近磁力越强，距磁铁越远磁力越弱。磁场范围一般用一系列的线来表示，这些线称为磁力线，从一块磁铁的N极延伸到同一块磁铁或者另一块磁铁的S极。

德国科学家发现用适当强度的质子照射到纯度极高的石墨后，原本不具磁性的石墨将变成类似磁铁性的物质而带有磁性。碳具有相当多形式的同素异形体，例如钻石、碳六十、碳纳米管以及石墨等。这些物质共同的特色便是都不带有磁性。物质中所有的电子都可以视为一个个小磁铁，只是平时每个磁铁所指的方向都不一样，抵消了磁性。而铁磁性物质则是物质内的电子受到内部作用力的影响而全部指向同一个方向，因此产生出磁性。

德国莱比锡大学的科学家在利用质子照射纯度极高的石墨后，发现质子会"卡"在石墨中而改变石墨的结构。这些质子照射过的石墨，这时便开始带有磁性，并能对外加磁场进行反应。关闭外加磁场后，石墨依然带有磁性，体现出典型铁磁性物质的性质。

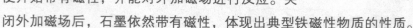

8. 让铁条产生磁性

爱因斯坦的工具

一小截铁条

一些沙子

一块木头

一个大头针

实验开始

怎样把没有磁力的铁条变得有磁力呢？一起来作下面的实验吧。

1. 拿出铁条，在火上烧红。

2. 把烧红的铁条放进沙子里冷却。

3. 等铁条凉透后，一手拿铁条，一手拿木块。

4. 先把铁条南北方向拿好，用木块敲。

5. 敲完后，铁条慢慢靠近大头针。

6. 然后再把铁条东西方向拿好，再用木块敲。

7. 敲完后，再把铁条靠近大头针。

奇妙的结果

两次结果有什么不一样呢？南北朝向敲击铁条后，接近大头针时，是不是发现铁条有磁力了呢？就好像变成了磁铁。而再向东西方向打击后，铁条又没有了磁性，不能再吸引大头针了。

这是什么原因造成的呢？原来，南北方向敲击铁条后，铁条在地磁的

作用下，产生磁性。而东西方向敲击时，铁条中的小磁体就会变得杂乱，从而磁性消失。

 爱因斯坦告诉你

磁铁的类型

磁铁分为永磁铁和暂时性磁铁两个基本类型。

永磁铁在长时间内都有磁性。暂时性磁铁只有在永磁铁或电流产生的磁场作用下才有磁性。用永磁铁制造的磁性材料称为硬磁材料，用暂时性磁铁制造的磁性材料叫做软磁材料。

天然磁石是一种由磁铁矿构成的天然永磁体。这种磁体早在古代就已为人所知。实际上，现代所有的商用磁铁都是由人工合成的磁性材料制造的，最常用的合成材料就是铝镍钴合金——用铁、铝、镍和钴冶炼而成。含有钐或钕这种稀土氧化物的磁性材料，可以制造出磁性极强的永磁铁。含有氧化铁和其他氧化金属的铁酸盐，也被广泛用于制造电子设备中的磁铁。而橡胶磁则是由磁性材料和橡胶塑料混合制作而成。永磁铁一般都制

成 U 形马蹄形，两极并排；或者做成条形磁铁，两极相对。

每个物体一旦被磁铁吸引移动后，就会变成一个暂时性磁铁。对这种物体而言，当永磁铁移开后，在某些情况下仍可保留微弱的磁性，但其磁性很快就会随之消失。电磁铁就是一种暂时性磁铁，其磁性是从电流产生的磁场中磁化而获得的。所以，只有在电流流通的时候，电磁铁才会有磁性。

让磁性材料物体获得磁性，主要有四种方法：

1. 把物体靠近磁铁；

2. 用电流产生的磁力去磁化物体；

3. 用磁铁摩擦物体；

4. 把物体置入磁场并敲打。

9. 了解地球磁场

爱因斯坦的工具

一个铁钉

一块磁铁

一杯水

一块泡沫板

实验开始

1. 拿出磁铁和铁钉。

2. 把磁铁在铁钉的钉帽处向着同一个方向摩擦。

3. 将钉子穿透泡沫板。

4. 把它们放进盛水的水杯中。

奇妙的结果

刚把穿有钉子的泡沫板放入水中时，泡沫板会摇摆不定，但当它慢慢静止后，你会发现，铁钉会一端指向南方，另一端指向北方。不管你如何动，如何调，最后钉子总是一端指南，一端指北。这个现象说明了什么？

这个现象充分说明，地球是一个大的磁场。磁铁在铁钉上摩擦，使铁钉磁化，地球又是一个大的磁场，所以，当把铁钉放在水中时，自然就会一端朝南，一端朝北。

爱因斯坦告诉你

地球磁场

地球磁场是偶极型的，地球中心并没有磁铁棒，而是通过电流在导电液体核中流动的发电机效应产生磁场的。地球磁场不是孤立的，它受到外界的影响，宇宙飞船就已经探测到太阳风的存在。

太阳风是从太阳日冕层向行星际空间抛射出高温高速低密度的粒子流，其主要成分是电离氢和电离氦。太阳风是一种等离子体，所以它也有磁场，太阳风磁场对地球磁场施加作用，好像要把地球磁场从地球上吹走似的。尽管这样，地球磁场仍有效地阻止了太阳风长驱直入。在地球磁场的反抗下，太阳风绕过地球磁场，继续向前运动，于是形成了一个被太阳风包围的、彗星状的地球磁场区域，这就是磁层。

地球磁层位于距地面600～1000千米高处，磁层的外边界叫磁层顶，离地面5万～7万千米。在太阳风的压缩下，地球磁力线向背着太阳一面的空间延伸得很远，形成一条长长的尾巴，称为磁尾。在磁赤道附近，有一个特殊的界面，在界面两边，磁力线突然改变方向，此界面称为中性片。中性片上的磁场强度微乎其微，厚度大约有1000千米。

中性片将磁尾部分成两部分：北面的磁力线向着地球，南面的磁力线离开地球。

在中性片两侧约 10 个地球半径的范围里，充满了密度较大的等离子体，这一区域称做等离子体片。当太阳活动剧烈时，等离子片中的高能粒子增多，并且快速地沿磁力线向地球极区沉降，于是便出现了千姿百态、绚丽多彩的极光。由于太阳风以高速接近地球磁场的边缘，便形成了一个无碰撞的地球弓形激波的波阵面。波阵面与磁层顶之间的过渡区叫做磁鞘，厚度为 3~4 个地球半径。

第五章

走进水世界

1、水的反常流向

爱因斯坦的工具

两个透明玻璃瓶

一些冷水

一些热水

一些能溶于水的蓝色颜料

一张蜡纸

实验开始

水往低处流，这是大家都知道的事实。如果有人告诉你水也能往高处流，你相信吗？

1. 拿出准备好的两个透明玻璃瓶。

2. 一个瓶子中装满冷水。

3. 把蓝色颜料溶在热水中。

4. 另一个瓶子中装满溶有蓝色颜料的热水。

5. 在冷水瓶的瓶口贴上一张蜡纸。

6. 小心地将冷水瓶倒放在热水瓶瓶口。

7. 对准两个瓶的瓶口，迅速抽出蜡纸。

奇妙的结果

抽出蜡纸后，你发现了什么呢？是不是蓝色的热水慢慢向上流动，最后整个冷水瓶中全部被蓝色的水占满了？

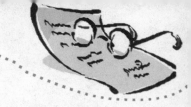

原来，热水的相对密度较小，相同体积的热水比冷水轻，从而使较轻的热水慢慢上升到冷水瓶的瓶底。这是一种热的对流现象，由于热的对流，才会使水往高处流的现象发生。

爱因斯坦告诉你

水的密度

绝大多数物质有热胀冷缩的现象，温度越低体积越小，密度越大。而水在 4 摄氏度时，体积最小，密度最大。

这一现象也可以用水的缔合作用加以解释。接近沸点的水，主要是以简单分子的状态存在的。冷却时，一方面由于温度降低，分子热运动减小，使水分子间的距离缩小；另一方面，由于温度降低，水的缔合度增大，H_2O 缔合分子增多，分子间排列较紧密，这两个因素都使水的密度增大。温度降低到 4 摄氏度时，水有最大的密度，最小的体积。温度继续降低时，出现较多 H_2O 及具有冰的结构的较大的缔合分子，它们的结构较疏松，所以 4 摄氏度以下，水的密度随温度降低反而减小，体积则增大。到冰点时，全部分子缔合成一个巨大的、具有较大空隙的缔合分子。

温度升高时，水分子的四面体集团不断被破坏，分子无序排列增多，使密度增大。同时，分子间的热运动增加了分子间的距离，使密度又减小。这两个矛盾的因素在 4 摄氏度时达到平衡，因此，在 4 摄氏度时水的密度最大。过了 4 摄氏度后，分子的热运动使分子间的距离增大的因素就占优势了，水的密度又开始减小。

在 0~4 摄氏度的温度范围内，水的体积会随温度的升高而减小，也就是说，水在 0~4 摄氏度之间是冷涨热缩。水的这一反常性质，对江河湖泊中的动植物的生命有着重要的影响和意义。

天才孩子最喜欢的科学游戏

科学游戏

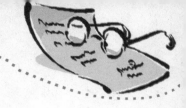

2. 水火相容

爱因斯坦的工具

一根金属条

一截蜡烛

一个透明的玻璃杯

一些清水

实验开始

1. 把金属条插入蜡烛中。

2. 往玻璃杯中灌入一些水。

3. 把蜡烛放在玻璃杯中的水里，使蜡烛头漂浮在水面上。

4. 点燃蜡烛。

奇妙的结果

蜡烛燃烧一段时间后，理应沉入水中，但却没有下沉的迹象，还是漂浮在水面上。原来，燃烧的蜡烛周围形成了一层蜡膜壁，成为一个漏斗，阻止蜡烛下沉。

爱因斯坦告诉你

蜡烛的来历

蜡烛起源于原始时代的火把，原始人把脂肪或者蜡一类的东西涂在树

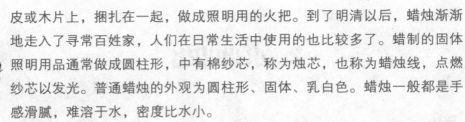

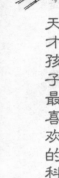

天才孩子最喜欢的科学游戏

科学游戏

皮或木片上，捆扎在一起，做成照明用的火把。到了明清以后，蜡烛渐渐地走入了寻常百姓家，人们在日常生活中使用的也比较多了。蜡制的固体照明用品通常做成圆柱形，中有棉纱芯，称为烛芯，也称为蜡烛线，点燃纱芯以发光。普通蜡烛的外观为圆柱形、固体、乳白色。蜡烛一般都是手感滑腻，难溶于水，密度比水小。

蜡烛燃烧包含受热熔化和生成其他物质这两个过程。蜡烛燃烧是先受热熔化，当达到可燃温度后，进行化学反应，生成了其他物质。

现在，蜡烛的主要原料是石蜡，石蜡是从石油的含蜡馏分经冷榨或溶

剂脱蜡而制得的，是几种高级烷烃的混合物。蜡烛被点燃时，最初燃烧的火焰较小，以后逐渐变大。火焰分为三层，分别是外焰、内焰和焰心。焰心主要为蜡烛蒸气，温度最低；内焰石蜡燃烧不充分，温度比焰心高，因有部分碳粒，火焰最明亮；外焰与空气充分接触，燃烧充分，温度最高。因此，当把一根火柴梗迅速平放入火焰中，约1秒钟后取出，火柴梗接触外焰部分首先变黑。

蜡烛生产的种类有很多，按照使用目的一般可以分为日用照明蜡烛和工艺品蜡烛两大类。照明蜡烛比较简单，一般就是白色的杆状蜡烛。工艺蜡烛又可细分为很多种，首先可分为果冻工艺蜡烛和薰香工艺蜡烛两类。

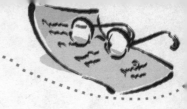

3. 肥皂的妙用

爱因斯坦的工具

一块肥皂

一张锡纸

一把剪刀

一个大盆

一些清水

实验开始

让纸张自己在水中滑行，你能做到吗？一起来试试看吧。

1. 拿出锡纸，在上面画出一只船的形状。

2. 用剪刀把锡纸上的船剪下来。

3. 在锡纸船尾部再剪一个小孔。

4. 把肥皂放在小孔中。

5. 把锡纸船放在水盆中观察。

奇妙的结果

你看到了什么？锡纸船向前慢慢移动了，对吗？

原来，由于水的张力，锡纸船浮在水面上，而不至于下沉，而肥皂可以破坏水的张力，使锡纸船自己向前移动。

爱因斯坦告诉你

认识水的张力

往一枚硬币上滴水滴，你觉得硬币上能滴多少滴水？先预测一下，可以滴多少滴？每滴一滴水都要观察硬币的样子，当硬币上滴满了水的时候，你就要小心啦。其实，无论水滴有多大，水有多少，水的表面总是有表面张力，表面张力使得水面像一层绷得紧紧的膜，还有很多有趣的现象和水的表面张力有关。

张力是一种物理效应，它使液体的表面总是试图获得最小的、光滑的面积，就好像它是一层有弹性的薄膜一样。要扩大一个一定体积的液体的表面，需要向这个液体做功。

液面由于跟气体接触，表面层分子的分布要比液体内部稀疏些，也就是分子间的距离比液体内部大些。在表面层中，由于分子间的距离比较大，分子间的作用力就表现为引力。

在表面张力高的情况下，水不易浸湿物体，它会从物体表面反弹。洗衣粉的作用之一就是降低水的表面张力。通常我们在洗衣服时会添加一些

洗衣粉，洗脸时会用香皂，这些洗涤用品可以降低水的表面张力，去除织物上的污渍和脸部的油脂。另外，在雨伞、雨衣、汽车的玻璃和后视镜表面上，科研人员往往都会通过改变表面张力的做法来处理令人烦恼的雨滴，让落在雨伞、雨衣、汽车玻璃和后视镜外表面的雨水迅速形成水珠滚落，而不会浸入雨伞、雨衣或长久停留在汽车的玻璃和后视镜表面。还有一种可以增大表面张力的汽车玻璃防雨剂，能让车窗上的水珠很快连成一片，从而使驾驶员的视线不受影响。

天才孩子最喜欢的科学游戏

科学游戏

4、把水握在一起

爱因斯坦的工具

一只铁罐

一把锥子

一些清水

实验开始

日常生活中所用的绳子，大部分都是由几股细绳拧成粗绳的，这样会使绳子更结实。那水也能由几股拧成一股吗？我们来亲自作一个实验。

1. 拿出铁罐。

2. 用锥子在铁罐底部钻几个小孔。

3. 往铁罐中注入清水。

4. 当几个小孔都往外流出水后，用手指将这些水握在一起。

5. 松手后观察水流。

奇妙的结果

你看到了什么？是不是当手松开后，几股水流竟然合成了一股，就像是拧在了一起似的。而当你用手指擦过罐底的小孔时，水流又会分成几股。

原来，这种现象是水的表面张力在起作用。当手握住水流时，水的表面张力遭到破坏，从而几股合成为一股。

爱因斯坦告诉你

地球上的水

水是最常见的物质之一，是包括人类在内所有生命生存不可或缺的重要资源，也是生物体最重要的组成部分。

水在生命演化中起到了重要作用。人类很早就对水有了认识，东西方古代朴素的物质观中都把水视为一种基本的组成元素，水是中国古代五行之一。西方古代的四元素说中也有水。水在常温常压下为无色无味的透明液体。在自然界，纯水是罕见的，水通常多是酸、碱、盐等物质的溶液，习惯上仍然把这种水溶液称为水。

地球表面有 71% 被水覆盖，从卫星图上来看，地球是个蓝色的星球。水侵蚀岩石土壤，冲淤河道，搬运泥沙，营造平原，改变地表形态。地球表层水体构成了水圈，包括海洋、河流、湖泊、沼泽、冰川、积雪、地下水和大气中的水。由于注入海洋的水带有一定的盐分，加上常年的积累和蒸发作用，海和大洋里的水都是咸水，不能被直接饮用。某些湖泊的水也是含盐水。世界上最大的水体是太平洋。北美的五大湖是最大的淡水水系。欧亚大陆上的里海是最大的咸水湖。

海洋和地表中的水蒸发到天空中形成了云；云中的水通过降水落下来变成雨，冬天则变成雪；落于地表上的水渗入地下形成地下水；地下水又从地层里冒出来，形成泉水；泉水经过小溪、江河汇入大海，形成一个水循环。

5. 被蒸汽托起的水滴

爱因斯坦的工具

一些清水

一个平底铁锅

实验开始

1. 把平底铁锅放在火上加热。

2. 等平底锅热了后，往锅内滴入几滴清水。

奇妙的结果

在水滴被热气蒸发前，它会一直浮在锅底，并且不停地滚动。

由于水滴接触到热的平底锅，底部开始蒸发，然后压力过大的蒸汽便会抬起水滴，使它不能落在锅底。

爱因斯坦告诉你

什么是蒸发

蒸发是液体在任何温度下发生在液体表面的一种缓慢的汽化现象。气象上指水由液体变成气体的过程。蒸发在任何温度下都能发生。蒸发过程吸收热量，蒸发制冷。水由液态或固态转变成汽态，逸入大气中的过程称为蒸发。而蒸发量是指在一定时段内，水分经蒸发而散布到空中的量。通常用蒸发掉的水层厚度的毫米数表示，水面或土壤的水分蒸发量，分别用

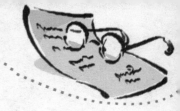

不同的蒸发器测定。一般温度越高，湿度越小，风速越大，气压越低，则蒸发量就越大；反之，蒸发量就越小。

从微观上看，蒸发就是液体分子从液面离去的过程。由于液体中的分子都在不停地做无规则运动，它们的平均动能的大小是跟液体本身的温度相适应的。由于分子的无规则运动

和相互碰撞，在任何时刻总有一些分子具有比平均动能还大的动能。这些具有足够大动能的分子，如处于液面附近，其动能大于飞出时克服液体内分子间的引力所需的功时，这些分子就能脱离液面向外飞出，变成这种液体的汽，这就是蒸发现象。飞出去的分子在和其他分子碰撞后，有可能再回到液面上或进入液体内部。如果飞出的分子多于飞回的，液体就在蒸发。在蒸发过程中，比平均动能大的分子飞出液面，而留存在液体内部的分子所具有的平均动能变小了。所以，在蒸发过程中，如外界不给液体补充热量，液体的温度就会下降。

6. 水遇水后的变化

爱因斯坦的工具

两个透明的玻璃杯

一些凉水

一些凉开水

一些过滤后的肥皂水

实验开始

1. 拿出两个透明的玻璃杯，放在桌面上。

2. 一个玻璃杯中装入凉水。

3. 另一个玻璃杯中装入凉开水。

4. 分别在两个玻璃杯中滴入准备好的肥皂水。

奇妙的结果

两个玻璃杯中的水搅拌好后，你发现了什么？是不是凉水杯中的水变得很混浊，并且水中还有一些沉淀物。而凉开水的杯中却清晰很多，而且沉淀物也不多。

为什么会出现这样的差异呢？

原来水中含有许多矿物质，只是肉眼看不到而已。加入肥皂水后，水中的这些物质便会与肥皂水发生反应，成为沉淀物。而烧开过的水，水中矿物质及杂质在加热的过程中已经被除掉，所以，加入肥皂水的凉开水中的沉淀物就少，而且也清晰些。

 爱因斯坦告诉你

含矿物质的矿泉水

在日常生活中，每个人都饮用过矿泉水，那你知道矿泉水是如何获取的吗？饮用天然矿泉水是从地下深处自然涌出的或经人工开采的未受污染的地下矿泉水。它含有一定量的矿物盐、微量元素和二氧化碳气体。在通常情况下，其化学成分、流量、水温等动态在天然波动范围内相对稳定。

根据矿泉水的水质成分，一般来说，在界线指标内，所含有益元素对于偶尔饮用者是起不到实质性的生理或药理效应的。如长期饮用矿泉水，对人体确有较明显的营养保健作用。以我国天然矿泉水含量达标较多的偏硅酸、锂、锶为例，这些元素具有与钙、镁相似的生物学作用，能促进骨骼和牙齿的生长发育，有利于骨骼钙化，防治骨质疏松；还能预防高血压，保护心脏，降低心脑血管的患病率和死亡率。因此，偏硅酸含量高

低，是世界各国评价矿泉水质量最常用、最重要的界线指标之一。矿泉水中的锂和溴能调节中枢神经系统活动，具有安定情绪和镇静作用。长期饮用矿泉水还能补充膳食中钙、镁、锌、硒、碘等营养素的不足，对于增强机体免疫功能，延缓衰老，预防肿瘤，防治高血压，痛风与风湿性疾病也有着良好的作用。

此外，绝大多数矿泉水属微碱性，适合人体内环境的生理特点，有利于维持正常的渗透压和酸碱平衡，促进新陈代谢，加速疲劳恢复。

7、不会溢出的冰块水

爱因斯坦的工具

一个透明的玻璃杯

一些冰块

实验开始

在装满水的杯子里放入冰块，当冰块融化后，水会溢出来吗？

1. 取出一些冰块，把它们放在玻璃杯中。

2. 放入冰块后，再往玻璃杯中加满清水，小心不要溢出来。

奇妙的结果

当注满水后，冰块会漂浮在水面上，当冰块融化后，杯中的水也不会溢出来。你知道这是为什么吗？

因为水结冰后，体积会增大一些，融化后会比冰块的体积小，所以，杯中的水不会溢出来。

爱因斯坦告诉你

冰与结冰

自然界中的水，具有气态、固态和液态三种状态。液态的我们称之为水，气态的水叫水汽，固态的水称为冰。

冰是无色透明的固体，晶格结构一般为六方体。在常压环境下，冰的

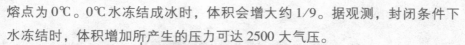

熔点为 0℃。0℃水冻结成冰时，体积会增大约 1/9。据观测，封闭条件下水冻结时，体积增加所产生的压力可达 2500 大气压。

冰的熔点与压力存在着一种奇妙的关系：在 2200 大气压以下，冰的熔点会随压力的增大而降低，大约每升高 130 大气压，温度会降低 1℃。超过 2200 大气压后，冰的熔点随压力增加而升高。3530 大气压下，冰的熔点为 −17℃，6380 大气压下为 0℃，16500 大气压下为 60℃，而 20670 大气压下冰在 76℃ 时才融化，称为名副其实的"热冰"。

自然界中的水不是纯净的水，里面溶解了很多物质，水的凝固点降低，水需在 0℃ 以下才能冻结。但是，当水的温度刚好由零度以上降到 0℃ 时，是不会结冰的，因为结冰时放出的潜热很大，如果正好是冰点，刚生成的冰晶又会很快融化掉。

冬天的时候，河流会因为天气寒冷而封冻。河流的封冻现象也有两种情况：一种是从岸边开始，先结成岸冰，向河心发展，逐渐汇合成冰桥，冰桥宽度扩展，使整个河面全被封冻；还有一种是流冰在河流狭窄或浅滩处形成冰坝后，冰块相互之间和冰块与河岸之间迅速冻结起来，并逆流向上扩展，使整个河面封冻。

8. 浸不湿的玩具

爱因斯坦的工具

一个透明玻璃杯

一个透明的玻璃容器

一张纸

一把剪刀

随便一样小玩具

实验开始

1. 把透明玻璃杯扣在白纸上。

2. 用剪刀沿着玻璃杯的外缘剪下一块圆形白纸。

3. 把小玩具贴在圆纸上。

4. 把圆纸放在装有水的玻璃容器中。

5. 拿起玻璃杯，轻轻扣住小玩具。

6. 完全与圆纸接触后，垂直把纸片和小玩具一起压入水底。

奇妙的结果

水并没有透过纸片，将玩具浸湿，也没有进入玻璃杯内。这是什么原因呢？

原来，玻璃杯口处的圆形纸片，阻挡住了容器中的水流进入，也阻挡了玻璃杯内的空气外流。所以，不管玻璃杯沉入多深，玻璃杯内的玩具都不会被浸湿。

爱因斯坦告诉你

什么是浮力

液体和气体对浸在其中的物体有竖直向上的托力，物理学中把这个托力叫做浮力。浮力的方向竖直向上。

漂浮于流体表面或浸没于流体之中的物体，受到各方向流体静压力的向上合力，其大小等于被物体排开的流体的重力。在液体内，不同深度处的压强不同。物体上、下面浸没在液体中的深度不同，物体下部受到液体向上的压强较大，压力也较大，可以证明，浮力等于物体所受液体向上、向下的压力之差。例如，石块的重力大于其同体积水的重量，则下沉到水底。浮木或船体的重力等于其浸入水中部分所排开的水重，所以浮于水面。气球的重量比它同体积空气的重量小，即浮力大于重力，所以会上升。从井里提一桶水，在未离开水面之前比离开水面之后要轻些，这是因为桶受到水的浮力。不仅是水，例如酒精、煤油或水银等所有液体，对浸在它里面的物体都有浮力。浮力的作用点称为浮心，浮心显然与所排开液

体体积的形心重合。

　　让一个吸满水的塑胶瓶瓶口向上，然后挤压瓶壁的两端，水就会从瓶口向上喷射而出。在这个过程中，手指和瓶子都未向上移动位置，但为什么水往上运动了呢？这是因为我们挤压瓶壁时，瓶中水的压强小于周围瓶壁、瓶底的压强，这些压强下面大、上面小，而水会向压强小的一方流动。所以，当我们用手指挤压时，在瓶壁、瓶底合力的作用下，水就会向上运动，喷射出来。

9. 不沉的铁片

爱因斯坦的工具

一张吸墨纸

一个曲别针

一个刮胡子刀片

一根钢针

一个透明的玻璃容器

实验开始

1. 把玻璃容器中倒入水。
2. 水面上先放上一张吸墨纸。
3. 然后把曲别针、刀片、钢针等小金属物件轻轻地放在吸墨纸上。
4. 等吸墨纸吸足水分沉入水底后，观察小金属物件。

奇妙的结果

平时，金属因为较沉，所以一放入水中便会沉入水底。可现在，水面上的小金属物件仍然漂浮在水面上。

原来，此时的金属被一层薄薄的水膜所承载，即水的表面张力在起作用。当水的表面张力遭到破坏后，金属将会沉入水底。

爱因斯坦告诉你

天才孩子最喜欢的科学游戏

科学游戏

附着力和张力

一切物质分子间都存在吸引力：同一种类物质分子间的吸引力称为内聚力，不同物质分子间的吸引力称为附着力。

在流体力学中，水分子是在不断做布朗运动的，水分子间互相存在吸引力，分子间的距离越小，吸引力就越大，这就是水的内聚力。浮漂周围表面和水接触之间存在着的吸引力，则是两种不同物质的吸引力，即附着力。附着力和水表面张力是各自独立存在的力，有其客观存在的本质区别。

在洁净的玻璃板上放一滴水银，它能够滚来滚去而不附着在玻璃板上。把一块洁净的玻璃板浸入水银里再取出来，玻璃上也不附着水银，这种液体不附着在固体表面上的现象叫做不浸润。对玻璃来说，水银是不浸润液体。在洁净的玻璃上放一滴水，它会附着在玻璃板上形成薄层。把一块洁净的玻璃片浸入水中再取出来，玻璃的表面会沾上一层水，这种液体附着在固体表面上的现象叫做浸润。对玻璃来说，水是浸润液体。

同一种液体，对一种固体来说是浸润的，对另一种固体来说可能是不浸润的。水能浸润玻璃，但不能浸润石蜡。水银不能浸润玻璃，但能浸润锌。

把浸润液体装在容器里，例如把水装在玻璃杯里，由于水浸润玻璃，器壁附近的液面向上弯曲。把不浸润液体装在容器里，例如把水银装在玻璃管里，由于水银不浸润玻璃，器壁附近的液面向下弯曲。

10. 神奇的杯子

爱因斯坦的工具

一个透明的玻璃杯

一些硬币

一些食盐

一些清水

实验开始

杯子永远装不满，你想知道这是怎么一回事吗？那就一起来动手作实验吧。

1. 取出一个透明的玻璃杯。

2. 往里注入清水，但不要溢出来。

3. 慢慢往水杯中放入硬币，直到水面上出现一个拱面。

4. 取来食盐，轻轻把食盐洒入水中。

奇妙的结果

你发现了什么情况？是不是无论是放入硬币，还是放入食盐，水都没有溢出水杯呢？

原来这一切都是水的表面张力起的作用。水分子间相互吸引，使杯中的水不会轻易溢出，加入的盐也被水分子吸收，所以也不会溢出。

科学游戏

爱因斯坦告诉你

食盐的作用

食盐学名为氯化钠，白色结晶体，吸湿性强，应存放于干燥处。

食盐是人体正常的生理活动不可缺少的物质，其在自然界里分布很广。溶于水或甘油，难溶于乙醇，不溶于盐酸，水溶液中性。在水中的溶解度随着温度的升高略有增大。氯化钠大量存在于海水和天然盐湖中；可用于食品调味和腌鱼肉蔬菜，以及供盐析肥皂和鞣制皮革等；经高度精制的氯化钠可用来制生理食盐水，用于临床治疗和生理实验。

食盐能避免肉类及其他物品腐烂，因此成为不朽与永存的代名词。撒盐被认为能对抗魔鬼，让人免受伤害。俄罗斯人送给新生儿的四件礼物中就有食盐，用以帮助婴儿辟邪。中国的维吾尔族人甚至把盐视为生物，他们相信，食盐具有超自然的力量，可以影响人的命运。

除了用于炒菜、做饭，食盐还有很多妙用：

脸盆和洗脚盆上的黄斑，可以用加盐的温热醋液洗掉；

在加热的灶台上撒些盐，然后用报纸擦灶台上的油渍；

用抹布蘸盐擦烟灰缸，然后用水漂洗；

将亚麻布口袋放在浓盐水中沸煮 20 分钟，里面不会出现蛀虫；

用盐水擦洗镜子和玻璃，会把镜子和玻璃擦得非常干净；家庭玻璃或挡风车玻璃结上了霜，用盐水擦洗，效果极佳；

如果不小心把生鸡蛋掉在地上，可在蛋液处撒些盐，过 15 分钟再清扫，就能扫掉污迹；

家庭用的便桶用久了就会出现积垢并发出臭味，可用盐水清洗；

在热水袋里放一些盐，热水就会更加暖和，而且保持的时间也更长；

在钉钉子前，将钉子放在盐水中泡一泡，钉起来会省事；

庭院中杂草丛生，可用大把的盐撒在地上，撒上数次就可以去除杂草；

在养水仙的盆中加入少许盐，可以延长开花的时间；

把盐涂在肥皂上洗脸洗澡，可以保持皮肤光洁嫩滑；

经盐水浸泡过的牙刷经久耐用；

室内放置两盆冷盐水，家具上的油漆味会消除；

菜刀在盐水里浸泡 20 分钟后再磨，刀刃锋利；

用盐和苏打水可清洁冰箱。

11、自己制作水中彩虹

 爱因斯坦的工具

一个透明玻璃杯

一些葡萄汁

一些肥皂水

一些清水

一些食用油

一些酒精

五个纸杯

 实验开始

1. 把葡萄汁、肥皂水、清水、食用油、酒精分别倒入五个纸杯中，要等量。

2. 拿出玻璃杯，先倒入葡萄汁。

3. 倒入葡萄汁后，再倒入肥皂水。

4. 倒入肥皂水后，再倒入清水。

5. 倒入清水后，再倒入食用油。

6. 最后，把酒精倒入玻璃杯中。

 奇妙的结果

按照这个顺序把所有准备好的原料倒入玻璃杯中后，你会发现，各种液体在玻璃杯中形成了多个层次，就像美丽的彩虹。

原来，这种现象是由于液体密度不同形成的。密度大的液体会沉在最下面，而密度小的液体则会漂浮在上面。

 爱因斯坦告诉你

海水的密度

海水的密度是指单位体积内所含海水的质量，其单位为克/立方厘米。海水密度在数值上与海水的比重相等。它的大小取决于盐度、水温和压力。

海水密度有现场密度和条件密度之分。现场密度是指在现场温度、盐度和压力条件下所测得的海水密度，条件密度是指当大气压等于零时的密度。世界大洋表面海水密度的地理分布规律是：从赤道向两极地区增大，最大密度往往出现在高纬地区。其垂直分布规律是：从表层向深层逐渐增加。海水密度是决定洋流运动的重要因素之一。

波罗的海的盐度最低，海水密度也最低；红海盐度最高，海水密度也最大；死海海水的含盐度，约为一般海水的9倍。在大河出海口处海水盐度接近淡水，密度较小；但也可能因为河水裹挟泥沙，使得海水密度增大；还可能由于海水深度不同，海水密度会产生差别；甚至某些地区海底还存在"可燃冰"甲烷的水合物，该物质不稳定，可分解产生甲烷，致使海水中出现大量气泡而密度显著减小。

另外从理论上讲，随着气候变暖，两极的冰不断融化，使海水在不断变淡。

科学游戏

12、坚强的塑料球

爱因斯坦的工具

一只塑料球
一个水盆
一壶水

实验开始

1. 在水盆中盛入一些清水。
2. 把塑料球放在水面上。
3. 灌满水的水壶对准塑料球往下浇水。

奇妙的结果

塑料球没有因为水的冲击而躲避到其他位置，而是保持在原来位置上一动不动。

原来，因为水的流动，使得塑料球周围的气压变小，只要水流变化，气压也会随着变动。塑料球在这种压力的作用下，始终在壶中流出来的水柱下，不会移动。

爱因斯坦告诉你

认识身边的气压

我们生活在"大气海洋"的底层——地面上。而地面上一切物体都要

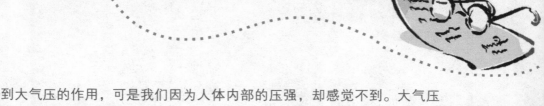

受到大气压的作用，可是我们因为人体内部的压强，却感觉不到。大气压力的产生是地球引力作用的结果，由于地球引力，大气被"吸"向地球，因而产生了压力，靠近地面处大气压力最大。气象科学上的气压，是指单位面积上所受大气柱的重量，也就是大气柱在单位面积上所施加的压力。

气压的大小与海拔高度、大气温度、大气密度等有关，一般随高度升高按指数律递减。气压有日变化和年变化。一年之中，冬季比夏季气压高。一天中，气压有一个最高值、一个最低值，分别出现在 9～10 时和 15～16 时，还有一个次高值和一个次低值，分别出现在 21～22 时和 3～4 时。

气压日变化幅度较小，一般为 0.1～0.4 千帕，并随纬度增高而减小。气压变化与风、天气的好坏等关系密切，因而是重要气象因子。气象观测中常用的测量气压的仪器有水银气压表、空盒气压表、气压计。温度为 0℃ 时，760 毫米垂直水银柱高的压力，是 1 标准大气压。标准大气压最先由意大利科学家托里拆利测出。

大气压较低时，人呼吸的气体量减少，就会感到气闷。大脑会促使人更多地吸入气体，从而使呼吸急促。

13、水中的气球运动

爱因斯坦的工具

一只气球

一个瓶盖

一把剪刀

一个大盆

一些清水

实验开始

气球也能当潜艇？是不是很想试试看，气球是如何像潜艇那样在水中行动的？那就一起来作这个游戏吧。

1. 拿出气球，向里面灌进水，直到气球呈半透明状态。

2. 拿出瓶盖，用剪刀在瓶盖上钻一个小孔。

3. 把瓶盖固定在气球口处，使水能通过瓶盖上的小孔流出。

4. 把装上水的气球放在水中。

奇妙的结果

放在水中的气球是不是在水中慢慢前进，就像是潜艇航行一样？这是为什么呢？

原来，气球装上水后，由于比重差不多，所以不会浮出水面，但也不会沉入水底，而气球内的水会从瓶盖的小孔中喷出，这就形成了反冲力，使气球向前移动。

爱因斯坦告诉你

反冲力

一个物体把另一个物体推离自己，则它本身受到另一个物体反方向的推力，叫做反冲力。

反冲作用能使物体获得加速度。比如火箭、喷气式飞机等都以反冲力作为动力，气体从火箭里高速喷出，火箭受到其体向上的推力。

中国早在八九百年以前的宋代就已发明了爆竹。其中有一种"起花"，当火药急剧燃烧，生成的气体以很大速度从起花筒下端喷出时，起花筒本身就向上升起。现代火箭的飞行原理与此相似，也是利用高速喷出的气体的反冲作用来使火箭获得巨大的速度的。如果喷出的不是气体而是液体，同样可以产生反冲作用。水力反冲机的叶轮就是利用水流的反冲作用而转动的。

反冲运动和碰撞、爆炸有相似之处，相互作用力常为变力，且作用力大，一般都能满足内力大于外力，所以反冲运动可用动量守恒定律来处理。

科学游戏

14、倒着也不洒的水瓶

爱因斯坦的工具

一个玻璃瓶子

一些清水

一根橡皮筋

一块过滤网

实验开始

1. 把玻璃瓶去掉瓶盖。

2. 把清水注入玻璃瓶中，把玻璃瓶装满。

3. 把过滤网封在瓶口，用橡皮筋扎紧。

4. 迅速把玻璃瓶倒置过来。

奇妙的结果

瓶中的水竟然没有流出来。一层过滤网真的能阻止瓶中的水流出吗？

其实，这不是过滤网的原因，而是水的表面张力的作用。同时，瓶中因为灌满了水，空气完全被挤出。所以，气压会向上挤压，阻止了水的流出。

爱因斯坦告诉你

水的压力

用容器盛水时，由于水有重量，就有相当于那么多重量的压力，向容器的壁及底面作用。盛在容器中的水，对侧面及底面都有压力作用，对任何方向的面，压力总是垂直于接触面的。而且深度相同时，压强也相同。液体越深，则压强也越大。

例如，在一根两端开口的玻璃管的一端加一薄塑料片，开口一端向上，直放入水中时，薄片不会下落。这是因为有水向上托的力。然后将水慢慢地一点点灌入玻璃管中，管内的水面未接近管外的水面时，塑料薄片不会掉下。这证明水有向上的压力，给薄片一个支持的力。继续加水，至管内外水面相平时，管内水柱向下的压力与管外薄片受到的向上压力相等，塑料薄片由于本身的重量而落下。

此时，筒底薄片所受向下的压力是筒中水柱的重量，所受向上的压力为筒所排除水的重量，二者相等而方向相反，所以相抵消而等于零，薄片

是受重力作用而落下。如将玻璃管倾斜放置，其结果也是一样。即水的压力向上，各侧面都有压力作用。简单地说，下面的水被上面的水压着，分子之间的作用就强。

另外，水产生的压力是向各个方向的，体现在水中物体上是垂直于接触面。事实上，水向下、向前、向后也有压力，只不过没体现在直观的物体上。而当物体上下所受压力不同时，就产生了浮力。

天才孩子最喜欢的科学游戏

科学游戏

第六章

好玩的空气游戏

天才孩子最喜欢的科学游戏

科学游戏

1、吸管射珠

爱因斯坦的工具

一根吸管
一根木条
两颗小珠子

实验开始

1. 拿出吸管，确保木条可以插进吸管中。
2. 把两颗小珠子塞在吸管两端。
3. 拿出木条，从其中一端插入吸管中。

奇妙的结果

这时候，另一端的小珠子便会飞射出去。

两颗小珠子放在两端，封闭了吸管中的空气。当木条插进去时，吸管中的空气便成为压力，压迫另一端的小珠子射出去。

爱因斯坦告诉你

压缩空气的用途

空气占有一定的空间，但它没有固定的形状和体积。在对密闭的容器中的空气施加压力时，空气的体积就被压缩，使内部压强增大。当外力撤销时，空气在内部压强的作用下，又会恢复到原来的体积。如果在容器中

有一个可以活动的物体，当空气要恢复原来的体积时，该物体将被容器内空气的压力向外推弹出来。

这一原理被广泛应用在生产、生活中。例如：皮球里打入压缩空气，气越足，球越硬；轮胎里打入压缩空气，轮胎就能承受一定的重量；在大型汽车上，用压缩空气开关车门和刹车；水压机利用压缩空气对水加压；在工厂里，压缩空气用来开动气锤打铁；在煤矿里，它能开动风镐钻眼；压缩空气还用于管道输送液体和粒状物体。压缩空气是仅次于电力的第二大动力能源，又是具有多种用途的工艺气源，其应用范围遍及石油、化工、冶金、电力、机械、轻工、纺织、电子、食品、医药、生化、国防、科研等行业和部门。

火药爆发产生的气体是压缩空气，但是有一种鱼雷是由压缩空气为动力驱动的。除此之外还有气枪，靠压缩空气把弹丸推出去的非军用枪械，基本上就是这个原理。BB 玩具枪还有一种是在弹仓里存储压缩气的，没有活塞，是通过瞬间的释放压缩气把子弹顶出去，那个弹仓充气有些类似于充气式打火机，有专门的气瓶，分为红气和绿气，还有二氧化碳气。二氧化碳最强，可以推动铜蛋，能打伤人；绿气效果最弱，当然这个弱是相对于其他两种气来说的。

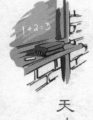

2. 空气是什么样子

爱因斯坦的工具

一只手电筒

一根蜡烛

实验开始

1. 把蜡烛放在桌子上，并点燃。

2. 把房间内的灯和窗帘关上，使房间成为一个暗室。

3. 拿出手电筒，并打开开关。

4. 让手电筒的光线通过蜡烛火焰照射在墙壁上。

奇妙的结果

当手电筒的光线照在墙壁上时，你会看到蜡烛火焰周围有淡淡的影子在不断地摇动，这就是空气的影子。

科学家可以通过类似的方法研究空气的影子，从而使飞机、火箭等在空气中运动时更安全。

爱因斯坦告诉你

身边的空气

空气就是我们周围的气体。我们看不到它，也品尝不到它的味道，但是在刮风的时候，我们能够感觉到空气的流动。

地球的正常空气成分按体积分是：氮占 78.08％，氧占 20.95％，氩占 0.93％，二氧化碳占 0.03％，还有微量的惰性气体，如氦、氖、氪、氙等。

空气的成分是长期以来自然界里各种变化所造成的。在原始的绿色植物出现以前，原始大气是以一氧化碳、二氧化碳、甲烷和氨为主的。在绿色植物出现以后，植物在光合作用中放出的游离氧，使原始大气里的一氧化碳氧化成为二氧化碳，甲烷氧化成为水蒸气和二氧化碳，氨氧化成为水蒸气和氮气。以后，由于植物的光合作用持续地进行，空气里的二氧化碳在植物发生光合作用

的过程中被吸收了大部分，并使空气里的氧气越来越多，终于形成了以氮气和氧气为主的现代空气。

空气包裹在地球的外面，厚度达到数千千米。这一层厚厚的空气被称为大气层。大气层分为几个不同的层，这几个气层其实是相互融合在一起的。我们生活在最下面的一层，即对流层中。在同温层，空气要稀薄得多，这里有一种叫做臭氧的气体，它可以吸收太阳光中有害的紫外线。同温层的上面是电离层，这里有一层被称为离子的带电微粒。电离层的作用非常重要，它可以将无线电波反射到世界各地。

3. 空气的体积

爱因斯坦的工具

一个纸杯

一盆水

一根针

实验开始

1. 在盆中倒入清水。

2. 把纸杯扣入水中。

3. 让纸杯小心倾斜。

4. 用针在纸杯底部扎个小孔，再放入水中。

奇妙的结果

当把纸杯扣在水中时，杯中只能进一点儿水。把纸杯倾斜后，水中会出现许多水泡，并且水全部进入到纸杯中。而当在纸杯底部扎孔再把纸杯放入水中后，水会充满整个纸杯。

原来，开始时因为杯中占有空气，所以水只能进入一部分，气泡的出现就说明了杯中有空气。而杯底的小孔使得杯中的空气得以排出，所以水能很快充满整个杯中。

爱因斯坦告诉你

空气的污染

由于地球有强大的吸引力，使 80% 的空气集中在离地面平均为 15 千米的范围里。这一空气层对人类生活、生产活动影响很大。人们通常所说的大气污染，指的就是这一范围内的空气污染。

空气是地球上的动植物生存的必要条件，动物呼吸、植物光合作用都离不开空气。大气层可以使地球上的温度保持相对稳定，如果没有大气层，白天温度会很高，而夜间温度会很低。大气层可以吸收来自太阳的紫外线，保护地球上的生物免受伤害。大气层可以阻止来自太空的高能粒子过多地进入地球，阻止陨石撞击地球，因为陨石与大气摩擦时既可以减速又可以燃烧。风、云、雨、雪的形成都离不开大气。声音的传播要利用空气。降落伞、减速伞和飞机也都利用了空气的作用力。一些机器要利用压缩空气进行工作。

我国空气质量分为五级。其具体标准如下：当空气污染指数达 0~50 时为一级，51~100 时为二级，101~200 时为三级，201~300 时为四级，300 以上时为五级。其中三级属于轻度污染，四级属于中度污染，五级则属于重度污染了。

4、让风改变方向

爱因斯坦的工具

一个圆形物体

一支蜡烛

实验开始

1. 把圆形物体放在桌面上。
2. 点燃蜡烛。
3. 把蜡烛放在圆形物体后面。
4. 隔着圆形物体吹气。

奇妙的结果

无论你怎么挡，圆形物体有多大，放在其后面的蜡烛总会被吹灭。这说明了风是会拐弯的。气流在遇到圆形物体时，会产生分流，绕过圆形物体，然后在圆形物体后面重新会聚，将蜡烛吹灭。

爱因斯坦告诉你

风的形成

一年四季，风无时无刻不在陪伴着我们。但是，风是如何形成的呢？

形成风的直接原因，是气压在水平方向分布的不均匀。风受大气环流、地形、水域等不同因素的综合影响，表现形式多种多样，如季风、地

方性的海陆风、山谷风、焚风等。

　　阵风是在短时间内风速发生剧烈变化的风。气象上的风向是指风的来向，航行上的风向是指风的去向。在气象服务中，常用风力等级来表示风速的大小。英国人 F. 蒲福于 1805 年所拟定的"蒲福风级"将风力分为 13 个等级（0～12 级）。1946 年，风力等级又增加到 18 个（0～17 级）。

　　风速是空气在单位时间内移动的水平距离，以米/秒为单位。大气中水平风速一般为 1.0～10 米/秒，台风、龙卷风有时达到 102 米/秒。而农田中的风速可以小于 0.1 米/秒。风速的观测资料有瞬时值和平均值两种，一般使用平均值。风的测量多用电接风向风速计、轻便风速表、达因式风向风速计，以及用于测量农田中微风的热球微风仪等仪器进行，也可根据地面物体征象按风力等级表估计。

　　风向是指风吹来的方向，例如北风就是指空气自北向南流动。风向一般用八个方位表示。分别为：北、东北、东、东南、南、西南、西、西北。空气流动所形成的动能是风能，风能是太阳能的一种转化形式。

东

5. 浮起的饭盒

 爱因斯坦的工具

一个一次性饭盒

一个一次性纸杯

一把剪刀

 实验开始

1. 拿出一次性饭盒，把盒盖剪掉。

2. 拿出一次性纸杯，把纸底剪掉。

3. 把纸杯放在饭盒上，在上面也剪一个纸杯底部大小的洞。

4. 把饭盒扣放在桌面上，把纸杯放进饭盒上的洞内。

5. 向纸杯内吹气。

 奇妙的结果

吹气的时候，你会看见，饭盒浮了起来并且向前移动了。

这是因为，当你吹气的时候，空气通过纸杯进入了饭盒内部，形成了一个气垫，导致了饭盒的移动。

 爱因斯坦告诉你

气垫船的由来

气垫船是英国工程师科克莱尔发明的。1950 年，科克莱尔用自己的全

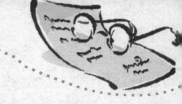

部积蓄，同妻子一起创办了一家小型造船公司。他发现如果用空气作为船与水之间的"气垫"，就有可能减小摩擦，从而提高船航行的速度。科克莱尔把这一设想具体化，他在空的猫食罐头上装了一个空的咖啡罐，用吹头发的吹风机作动力进行实验。结果，靠排气而产生的升浮效果令他非常满意。后来，科克莱尔制造了一艘长9.1米，宽7.3米的气垫船。这艘气垫船顺利地穿过了英吉利海峡，成为世界上第一艘实际航行的气垫船。

气垫船设计的思路就是在船底下面产生一个气垫，使船体与地面不直接接触，好像悬在空中一样。这个气垫由发动机从船体上方或四周吸进空气，然后从船体下方喷出。由于船底四周用橡胶带围衬，像个弹性裙子一样，就形成了一个气垫。气垫船有一个充气的气垫，可使船体浮出水面航行，由于水的阻力减少，因此航行速度很快。气垫船并非只在水上浮动，而是受气垫的支撑，可在水上、沼泽或陆地上移动。

气垫船的最大优点是它在地面和水面上一样行驰，在地面上行驰时也不需要修筑公路，非常方便。气垫船主要有两种形式：全浮式和侧壁式。世界上现有的最大气垫客船，要数英国制造的 SRN4–III 型气垫船。它采用的是全浮式，特征是用空气螺旋桨推进，船的底部四周装有尼龙橡胶布制成的"围裙"，高压空气自船底射出，在船底和水面之间形成气垫支持船体的重量，以减少航行阻力。航速平均每小时 100 千米，可载客 416 人，汽车 55 辆。速度最快的是美国的侧壁式气垫船，时速达 167 千米。

6. 能让石灰水混浊的气体

爱因斯坦的工具

一块泡沫板

一截蜡烛

一把锥子

一根橡皮管

一个玻璃瓶

实验开始

1. 把泡沫板削成瓶塞样，要正好能塞住玻璃瓶口。

2. 用锥子在泡沫瓶塞上钻个小孔。

3. 把橡皮管塞在小孔中。

4. 点燃蜡烛并把蜡烛放在玻璃瓶中。

5. 用泡沫瓶塞塞住瓶口。

6. 轻轻摇晃玻璃瓶。

7. 把橡皮管伸到澄清的石灰水中。

奇妙的结果

塞住瓶口只一会儿，瓶内的蜡烛就灭掉了。此时，如果把橡皮管伸到澄清的石灰水中，石灰水会变得很混浊。这说明了什么？

说明瓶内产生了二氧化碳气体，而汽水中也是含有这种气体。喝入汽水后，会不停地打嗝，来释放这些气体，这样会带走一部分热量，让人觉得清爽。

二氧化碳的作用

二氧化碳是一种在常温下无色无味无臭的气体。在 - 78.5℃的温度下，气体二氧化碳将变成固体二氧化碳。固体二氧化碳俗称"干冰"，其含义是"外形似冰，溶化无水"，直接变成二氧化碳气体。可由碳在过量的空气中燃烧，或使大理石、石灰石、白云石煅烧或与酸作用而得。它是石灰、发酵等工业的副产品。

因为二氧化碳不燃烧，又不支持一般燃烧物的燃烧，同时二氧化碳的密度又比空气的密度大，所以常用二氧化碳来隔绝空气，以达到灭火的目的。固体二氧化碳在融化时直接变成气体，融化的过程中吸收热量，从而降低了周围的温度。所以，干冰经常被用来做制冷剂。

用飞机在高空中喷撒干冰，可以使空气中的水蒸气凝结，从而形成人工降雨。在化学工业上，二氧化碳是一种重要的原料，大量用于生产纯碱、小苏打、尿素、碳颜料铅白等。在轻工业上，用高压溶入较多的二氧化碳，可用来生产碳酸饮料、啤酒、汽水等。

用二氧化碳贮藏的食品由于缺氧和二氧化碳本身的抑制作用，可有效地防止食品中细菌、霉菌、虫子生长，避免变质和有害健康的过氧化物产生，并能保鲜和维持食品原有的风味和营养成分。

7、奇特的气流

天才孩子最喜欢的科学游戏

科学游戏

爱因斯坦的工具

两个瓶子

一支蜡烛

实验开始

蜡烛吹不灭，这可能吗？一起来试试吧。

1. 把两个瓶子摆在桌子上，中间隔有一定的距离。

2. 把蜡烛点上，放在两个瓶子后面中间的位置。

3. 从瓶子中间向蜡烛吹去。

奇妙的结果

按理说，蜡烛前面没有任何遮挡物，吹灭它是很容易的。可是，此时无论你用多大的力气，蜡烛就是吹不灭。

原来，两个瓶子中间的气流会沿着瓶身移动，而不会直接吹向蜡烛，这样就吹不灭蜡烛的火焰了。

爱因斯坦告诉你

风的种类和风力等级

阵风：当空气的流动速度时大时小时，会使风变得忽而大，忽而小，吹在人的身上有一阵阵的感觉，这就是阵风。

旋风：当空气携带灰尘在空中飞舞形成旋涡时，这就是旋风。

焚风：当空气跨越山脊时，背风面上容易发生一种热而干燥的风，就叫焚风。

龙卷风：龙卷风是一个猛烈旋转的圆形空气柱。远远看去，就像一个摆动不停的大象鼻子或吊在空中的巨蟒。

风力等级表

风级和符号	名称	风速（米）	陆地物象	海面波浪	浪高（米）
0	无风	0.0～0.2	烟直上	平静	0.0
1	软风	0.3～1.5	烟示风向	微波峰无飞沫	0.1
2	轻风	1.6～3.3	感觉有风	小波峰未破碎	0.2
3	微风	3.4～5.4	旌旗展开	小波峰顶破裂	0.6
4	和风	5.5～7.9	吹起尘土	小浪白沫波峰	1.0
5	劲风	8.0～10.7	小树摇摆	中浪折沫峰群	2.0
6	强风	10.8～13.8	电线有声	大浪到个飞沫	3.0
7	疾风	13.9～17.1	步行困难	破峰白沫成条	4.0
8	大风	17.2～20.7	折断树枝	浪长高有浪花	5.5
9	烈风	20.8～24.4	小损房屋	浪峰倒卷	7.0
10	狂风	24.5～28.4	拔起树木	海浪翻滚咆哮	9.0
11	暴风	28.5～32.6	损毁普遍	波峰全呈飞沫	11.5
12	台风	32.7以上	摧毁巨大	海浪滔天	14.0

8. 自制孔明灯

爱因斯坦的工具

一只纸袋

一些胶条

一些木条

一个铁盒

一些浸了酒精的棉花

实验开始

大街上有很多气球因为是用氢气吹起来的，所以一放手就会飞到天空中。如果我们想让气球飞起来，没有氢气怎么办呢？一起来作下面的实验吧。

1. 用木条编成一个小筐子的形状。

2. 把纸袋用胶条粘在木筐上面。

3. 在木筐中放入一个铁盒。

4. 把浸了酒精的棉花放在铁盒里，并点燃。

奇妙的结果

奇迹发生了，纸袋慢慢升起来了。但是在作这个游戏的时候，一定要注意防火，注意人身安全。

原来，纸袋之所以能飞上天空，是因为热空气比冷空气要轻，所以热空气才会带着纸袋慢慢升到空中。

爱因斯坦告诉你

热气球

热气球在中国有悠久的历史，称为天灯或孔明灯，热气球的唯一飞行动力是风。对于热气球来说，必须选择速度和方向都合适的高空气流，并随之运动，才能高效地完成飞行。

热气球由球囊、吊篮和加热装置三部分构成。球皮是由强化尼龙制成的。尽管它的质量很轻，但极结实，球囊是不透气的。

热气球的吊篮由藤条编制而成，着陆时能起到缓和冲击的作用。吊篮四角放置四个热气球专用液化气瓶，置计量器，吊篮内还装有温度表、高度表、升降表等飞行仪表。

燃烧器是热气球的心脏，用比一般家庭煤气炉大 150 倍的能量燃烧压缩气，点火燃烧器是主燃烧器的火种。一直保持火种，即使被风吹，也不会熄灭。另外，热气球上有两个燃烧系统以防备空中出现的故障。热气球通常用的燃料是丙烷或液化气，气瓶固定在吊篮内。一只热气球能载运 20 公斤的液体燃料。热气球随风而行，但是，由于风在不同的高度有不同的方向和速度，驾驶员可以根据飞行需要的方向选择适当的高度。

标准热气球的体积分为几个级别：七级球体积为 2000～2400 立方米，八级球体积为 2400～3000 立方米，九级球体积为 3000～4000 立方米，十级球体积为 4000～6000 立方米。

科
学
游
戏

9. 被压扁的易拉罐

爱因斯坦的工具

一个易拉罐

一些开水

一些橡皮泥

一些冷水

一个大盆

实验开始

1. 把易拉罐放在大盆中。

2. 把开水倒入易拉罐中。

3. 几分钟后，把热水倒出，用橡皮泥封住易拉罐罐口。

4. 立即把冷水倒在易拉罐罐身上。

奇妙的结果

当冷水浇下去的时候，易拉罐马上就被压扁了。

这是因为倒掉热水后封闭了空间，易拉罐中还有许多热气和水蒸气，猛地受到冷水浇灌，会使罐内气压骤降，导致罐外的气压挤向易拉罐，所以易拉罐被压扁。

爱因斯坦告诉你

热胀冷缩

热胀冷缩是物体的一种基本性质，物体在一般状态下，受热以后会膨胀，在受冷的状态下会缩小。所有物体都具有这种性质。这是由于物体内的粒子（原子）运动会随温度改变，当温度上升时，粒子的振动幅度加大，令物体膨胀；当温度下降时，粒子的振动幅度便会减少，使物体收缩。下面举一些热胀冷缩的例子方便大家确认。

有时候夏天路面会向上拱起，就是路面膨胀。

买来的罐头很难打开，是因为工厂生产时放进去的是热的，气体膨胀，冷却后，里面气体体积减小，外面大气压大于内部，所以很难打开。这个时候可以微热罐头，就容易打开了。

踩瘪的乒乓球在热水中一烫就恢复原状。

铁轨之间要留有缝隙。

两根电线杆之间的电线，冬天绷得比较紧。

夏季自行车胎不能打太足的气。

一般玻璃器皿加热后，如果马上冲冷水，玻璃会因收缩不均匀导致玻璃器皿破裂。

烧开水时，通常不会将水壶装满，以避免水受热体积膨胀，或沸腾时产生大量气泡使水溢出。

打开热水瓶的木塞，倒出一杯开水，把木塞再盖上去的时候，常常会发生这样的事情，木塞像弹簧一样，会自动地跳出来，而且你按得越紧，它跳得会越高。

10. 给空气称体重

爱因斯坦的工具

两只气球

一根绳子

一根木棍

实验开始

1. 把两只气球吹起来。

2. 绳子两端各绑一个气球。

3. 拿起木棍，把绳子担在木棍上，让两个气球保持平衡。

4. 把其中一个气球中的空气放掉。

奇妙的结果

其中一个气球被放气后，两边的气球还平衡吗？答案是否定的。当把其中一个气球的气被放掉后，另一边的气球会拉着绳子往下移。

这说明什么？看来空气还是有重量的。气球内的空气越多，重量也就越大。

爱因斯坦告诉你

空气的质量

空气的质量是1立方厘米的空气重0.00129克，即空气密度是1.29千

克每立方米。我们称物体的重量通常都是在空气中，所称物体的重量远大于同体积空气的重量，所以空气的重量被忽略。在空气中，称空气的重量，所称空气相当于沉没在外部空气中，其浮力等于空气的重量，两相抵消，所以我们称不到。这就是有人常问"空气有重量吗"这个问题的原因。

空气有质量的证明方法也很简单：

用天平测出一只没有充气的篮球的质量，然后充气至特别足的程度，再用天平测出质量。通过比较充气前后的篮球质量，你就可以得出空气有质量的结论。

实际上空气和我们见到的日常生活中的任何东西一样，都是真实存在的物质，尽管它看不见摸不到。比如说苹果是有质量的，因为苹果是真实存在的物质。你不会怀疑苹果有质量吧，空气也是。从物理学角度看，宇宙是物质构成的，物质是由分子或原子构成的。苹果是由许许多多的分子构成的，空气也是，所以苹果有质量，空气也是。

11、结冰的饮料

爱因斯坦的工具

一瓶汽水

实验开始

1. 把汽水放进冰箱中冷冻。
2. 在汽水快要结冰但还未结成冰时取出来。
3. 放在室温中，将汽水瓶盖打开。

奇妙的结果

一般情况下，如果在冰箱中没有结冰，从冰箱拿出放在室温中时，应该是不会出现结冰现象的。可是汽水很奇怪，不但没有慢慢变成常温，竟然还结了冰。

原来，汽水中含有二氧化碳气体，冰点较低，所以在冰箱中很难结冰。当把汽水拿出冰箱外，打开瓶盖后，汽水中的二氧化碳气体因为气化会使汽水的温度反而变得更低，这样汽水就出现了结冰现象。

爱因斯坦告诉你

影响健康的碳酸饮料

碳酸饮料是指在一定条件下充入二氧化碳气的饮料，包括碳酸饮料、充气运动饮料等，不包括由发酵法自身产生二氧化碳气体的饮料。碳酸饮

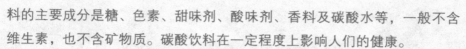

料的主要成分是糖、色素、甜味剂、酸味剂、香料及碳酸水等，一般不含维生素，也不含矿物质。碳酸饮料在一定程度上影响人们的健康。

　　碳酸饮料的成分大部分都含有磷酸，这种磷酸会潜移默化地影响骨骼，常喝碳酸饮料，骨骼健康就会受到威胁。因为人体对各种元素都是有要求的，大量磷酸的摄入就会影响钙的吸收，引起钙、磷比例失调。一旦钙缺失，对于处在生长过程中的少年儿童身体发育损害非常大。缺钙意味着骨骼发育缓慢，骨质疏松。有资料显示，经常大量喝碳酸饮料的青少年发生骨折的危险是其他青少年的3倍。

　　科学家最近发现，碳酸饮料是腐蚀青少年牙齿的重要原因之一。常喝碳酸饮料会令12岁青少年齿质腐损的概率增加59％，令14岁青少年齿质腐损的概率增加220％。如果每天喝4杯以上的碳酸饮料，这两个年龄段孩子齿质腐损的可能性将分别增加252％和513％。

　　足量的二氧化碳在饮料中能起到杀菌、抑菌的作用，还能通过蒸发带走体内热量，起到降温作用。如果碳酸饮料喝得太多对肠胃是没有好处的，而且还会影响消化。因为大量的二氧化碳在抑制饮料中细菌的同时，对人体内的有益菌也会产生抑制作用，所以消化系统就会受到破坏。

科学游戏

12、布条不湿的秘密

爱因斯坦的工具

一根布条

一个透明玻璃杯

一个水盆

一些清水

实验开始

1. 把布条紧紧塞在透明玻璃杯的杯底。

2. 取来一个水盆，里面倒入清水。

3. 玻璃杯倒着放入水盆中。

奇妙的结果

你发现了什么？布条竟然真的没有湿，为什么呢？

原来，是空气阻挡了水的侵入。空气虽然是无形的，但它可是无处不在。如果水够深，而且玻璃杯不断沉入的话，布条还是会被浸湿的。

爱因斯坦告诉你

空气中的负离子

1931 年，一位德国医生在空气中发现了负离子、正离子对人体的影响。半个多世纪以来，空气中的离子一直是欧州和美、苏、日等国所积极

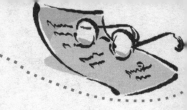

研究的课题。

通过对大气中正、负离子的监测、研究，人们已发现大气中空气离子是支配大气电场强、弱和构成环境中维持生态平衡的主要因素之一。从大气中离子的轻、重比例可以看出环境污染程度的高低，如轻离子浓度高，环境污染程度相对低些，对人体健康影响就小；反之，污染程度高，对人体健康影响就大。空间的正、负离子浓度不同，轻重不同，支配生物的生理状况也不同，对病理也有不同反应。高浓度的轻负离子，可使人注意力集中，精神振奋，工作效率提高，对治疗呼吸系统、免疫系统、神经系统及造血系统机能等疾病均有辅助疗效。在保健上，每天吸入高浓度的轻负离子空气后，人体肺部吸氧功能可增加 20%，二氧化碳排出可增加 14.5%，每天进行半小时"负离子淋浴"，对人的精神、情绪、思维、记忆力等，都有一定增强和提高。

通过对大气中正、负离子的监测、研究，人们还发现在雷雨时，在瀑布、喷泉、海滨等地区，空气中负离子浓度可增至每立方厘米成千上万。

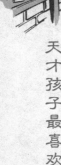

而在城市，在交通繁忙的地区、工业区、人口稠密的地方，正离子浓度增加，负离子浓度只剩下每立方厘米几十个。离子化空气对环境污染有改善作用。在电晕放电中形成的负离子同时生成微量 O_3（臭氧），在空间扩散，对污染了的空气有净化、杀菌作用。

此外，离子化空气可抑制霉菌生长，对蛋类、蔬菜、水果等有保鲜作用，对饮用水有杀菌、消毒的特殊作用。

第七章

无穷变化的化学游戏

1、让气球自己胀起来

爱因斯坦的工具

一个玻璃瓶

一些苏打粉

一袋醋

一只气球

一些清水

实验开始

1. 取出玻璃瓶，往里面注入一些清水。

2. 往水中加入一些苏打粉，搅拌均匀。

3. 往瓶中倒入一些醋。

4. 把气球套在瓶口处。

奇妙的结果

等待片刻后，你发现了什么？气球是不是自己慢慢地胀了起来？

使气球慢慢胀大的便是二氧化碳气体。苏打粉是碱性物质，而醋是酸性物质，酸碱混合后便会产生二氧化碳。因为瓶口被气球封住，二氧化碳气体无法排出，慢慢充满气球内，故而会使气球胀起来。

爱因斯坦告诉你

苏打粉在生活中的用途

苏打粉又称小苏打、梳打粉或重曹，化学名为碳酸氢钠，是西点膨大剂的一种。它是一种易溶于水的白色碱性粉末，在与水结合后开始起作用释放出二氧化碳，在酸性液体（如果汁）中反应更快。随着环境温度升高，释放出气体的速度愈快。苏打粉在作用后会残留重碳酸钠，使用过多会使成品有碱味。苏打粉与油脂直接混合时，会产生皂化，强烈的肥皂味会影响西点的香气和品质，使用时需留意。

苏打粉经常被用来作为中和剂，例如做巧克力蛋糕。巧克力为酸性，大量使用时会使西点带有酸味，因此可使用少量苏打粉作为膨大剂，并且可中和其酸性。此外，苏打有如下其他用途：

加两汤匙小苏打到稀释的洗碗精水中，可以帮助去除锅碗瓢盘上的油腻。如果器具上粘有难洗的残余食物，先泡在小苏打洗碗精的水中，用海绵蘸上干的小苏打粉，轻轻刷洗就可以洗掉了。

用开口的容器，里面装约两杯的小苏打，放在冰箱冷藏室和冷冻室中（置于中间较后方），可消除冰箱中的异味。最好每三个月就换一次新鲜的小苏打。

在四杯水中加入四汤匙小苏打，用海绵蘸小苏打水擦拭微波炉的内

部，擦完再用清水擦拭一遍。如果有难洗的痕迹，就直接用蘸了小苏打粉的海绵擦拭，再用清水擦一遍。

装了食物后的塑胶容器，虽然洗干净了，但有时仍会有一股异味，可以用海绵蘸小苏打粉来洗。对于较难消除的异味，需将容器浸泡在四杯水加四汤匙小苏打粉的温热溶液中，就能消除残存的异味了。

砧板切了洋葱、大蒜之后，异味很容易留在砧板上，甚至还会让别的食物也沾上异味。用小苏打粉来刷洗就可以去除异味。

银质餐具失去光亮的色泽时，用3:1（小苏打粉:水）的比例调成糊来擦拭银器，再用清水冲洗擦干，就能恢复银器原来的光亮了。

杯中的咖啡和茶垢可用四杯水加四分之一杯小苏打粉清洗。对于时间比较久而不好洗的咖啡和茶垢，可以泡在小苏打水中隔夜后再洗。

把海绵泡在浓的小苏打水中，可以保持海绵清新无异味。

2. 神奇的点火术

爱因斯坦的工具

一支蜡烛
一些火柴

实验开始

1. 把蜡烛点燃放在桌上。
2. 燃烧几分钟后，再把蜡烛吹灭。
3. 当蜡烛升腾起烟雾时，划着一根火柴。
4. 把燃烧中的火柴迅速移到烟雾上方。

奇妙的结果

这时候，本来已经吹灭的蜡烛重新燃烧起来。

原来，虽然蜡烛火焰被吹灭了，但蜡烛本身还保持着高温，一旦遇到明火，便会立即燃烧起来。

爱因斯坦告诉你

火柴的历史

火柴有摩擦火柴（又称硫化磷火柴）与安全火柴之分，其发火原理不尽相同。摩擦火柴药头的主要成分是氯酸钾和三硫化四磷，稍在粗糙表面摩擦，产生的热就足以使这两种物质起化学反应而发火。

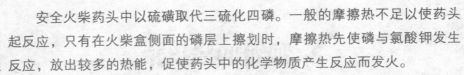

安全火柴药头中以硫磺取代三硫化四磷。一般的摩擦热不足以使药头起反应，只有在火柴盒侧面的磷层上擦划时，摩擦热先使磷与氯酸钾发生反应，放出较多的热能，促使药头中的化学物质产生反应而发火。

中国南北朝时期，将硫磺粘在小木棒上，借助火种或火刀火石，能很方便地把"阴火"引发为"阳火"。这可视为最原始的火柴。

1669 年，德国人 H. 布兰德提炼出了黄磷。人们利用黄磷极易氧化发火这一特性，在小木棒一端粘上硫磺，然后再粘黄磷而发光。1805 年，法国人钱斯尔将氯酸钾和糖用树胶粘在小木棒上，浸沾硫酸而发火。这些都是现代火柴的雏形。

1826 年，英国人 J. 沃克把氯酸钾和三硫化锑用树胶粘在小木棒端部做药头，装在盒内，盒侧面粘有砂纸。手持小木棒将药头在砂纸上用力擦划，能发火燃烧。这是最早具有实用价值的火柴。

1831 年，法国人 C. 索里亚以黄磷代替三硫化锑掺入药头中，制成黄磷火柴。这种火柴使用方便，但发火太灵敏，容易引起火灾。而且在制造和使用过程中，因黄磷有剧毒，严重危害人们的健康。

1845 年，奥地利人 A. 施勒特尔研制出赤磷（也称红磷），它是黄磷的同素异形体，性能比较稳定，且无毒。1855 年，瑞典人 J. E. 伦德斯特伦创制出一种新型火柴，它是将氯酸钾和硫磺等混合物粘在火柴梗上，而

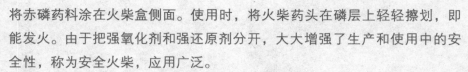

将赤磷药料涂在火柴盒侧面。使用时，将火柴药头在磷层上轻轻擦划，即能发火。由于把强氧化剂和强还原剂分开，大大增强了生产和使用中的安全性，称为安全火柴，应用广泛。

1898 年，法国人 H. 塞弗纳和 E. D. 卡昂以三硫化四磷取代黄磷制成火柴，称为硫化磷火柴。这种火柴与黄磷火柴一样随处可以擦燃而没有黄磷的毒性，但仍不如安全火柴安全。

3. 能破坏肥皂泡的醋

爱因斯坦的工具

一个透明玻璃杯

一些清水

一块肥皂

一根吸管

一袋醋

实验开始

肥皂水会起泡泡，这是大家都知道的。那么，怎样能使肥皂水不再起泡泡呢？

1. 把清水倒入玻璃杯中。

2. 杯中加入肥皂，使清水变成肥皂水。

3. 往肥皂水中加入几滴醋。

4. 把吸管插入肥皂水中，往肥皂水中吹气。

奇妙的结果

这时候，不管你如何用力，吹多久，肥皂水都不会起泡。因为肥皂水中加入的醋分解了肥皂水中的高级脂肪酸，所以就吹不起泡泡了。

 爱因斯坦告诉你

醋是怎么产生的

自古以来，人们就已懂得酒在空气中自然氧化"酸败而成醋"的道理。实质上，这个过程就是发酵作用。用发酵法制醋，其基本原理和酿酒大致相似，只需将糖化、酒化后得到的未经蒸馏的含酒产物，再和麸皮、谷糠、醋酸菌等混合后进行发酵，控制前期温度为 $40℃$，后期为 $36℃$。约经四十天之后，醋酸含量达 5% 以上，并不再上升时，即为成熟。这时，乙醇在醋酸菌的催化氧化下，变成了醋酸。现在，醋的制作方法有四类。

中国传统的酿醋原料，长江以南以糯米和大米（粳米）为主，长江以北以高粱和小米为主。现多以碎米、玉米、甘薯、甘薯干、马铃薯、马铃薯干等代用。原料先经蒸煮、糊化、液化及糖化，使淀粉转变为糖，再用酵母使发酵生成乙醇，然后在醋酸菌的作用下使醋酸发酵，将乙醇氧化生成醋酸。

以含糖质原料酿醋，可使用葡萄、苹果、梨、桃、柿、枣、番茄等酿制各种果汁醋，也可用蜂蜜及糖蜜为原料。它们都只需经乙醇发酵和醋酸发酵两个生化阶段。

以乙醇为原料，加醋酸菌只经醋酸发酵一个生化阶段。例如，以低度白酒或食用酒精加水冲淡为原料，应用速酿法制醋，只需 $1\sim3$ 天即得酒醋。

以食用冰醋酸加水配制成白醋，再加调味料、香料、色料等物，使之成为具有近似酿造醋风味的食醋。

4、在家晒盐

爱因斯坦的工具

一个透明玻璃瓶

一根铁钉

一根细绳

一截木棍

一些热水

实验开始

1. 取出玻璃瓶，放在桌面上。

2. 往玻璃瓶中注入一些热水。

3. 往热水中加入大量盐，并搅拌。

4. 取出细绳，一端系上铁钉，另一端系上木棍。

5. 把铁钉悬放在盐水中，木棍在瓶外悬吊着。

6. 把玻璃瓶放在温暖的地方，几天后再来观察。

奇妙的结果

几天后，来到玻璃瓶前，你会发现，吊着铁钉的细绳上出现了不少盐的结晶。

原来，水分子蒸发会慢慢进入到空气中，而盐水中的盐分留在绳子上，形成结晶状。

爱因斯坦告诉你

我国古代制盐方法

中国制盐的历史至少可以追溯到五千年前。根据盐的来源，中国古代的盐可分为海盐、湖盐、井盐、岩盐等几大类。

唐宋以前，海盐生产还比较原始。早期直接刮取海边咸土，后来用草木灰等吸取海水，作为制盐原料。制盐时，先用水冲淋上述原料，溶解盐分形成卤水。然后将卤水置于敞口容器中，加热蒸发水分，取得盐粒。这种方法称为淋卤煎盐。宋元以后，在很多沿海地区，煎盐逐渐被晒盐取代，节省了很多燃料费用。有些地方还利用地势，在海边修筑一系列盐池，将海水导引其中，从而将淋卤的过程也省去了。

湖盐多来自盐湖地区，除青藏高原外，中国古代最著名的盐湖当属今山西运城的盐池。湖盐的生产工艺与海盐基本相同，大多采用晒制的方法。岩盐又称为盐矿，实际上是地下深处的固体含盐岩层。古代岩盐的开采主要有两种方式。一是开凿巷道，将含盐岩石采出，然后将岩石粉碎和溶解后提取盐分。二是开凿深井至含盐岩层，注水溶解盐分，形成卤水，然后汲取卤水。这种方式与井盐的生产工艺相同。

古代制盐工艺中，井盐的生产工艺最为复杂。早在战国末年，秦蜀郡太守李冰就已在成都平原开凿盐井，汲卤煎盐。北宋中期后，川南地区出现了卓筒井。卓筒井是一种小口深井，凿井时，使用"一字型"钻头，采

用冲击方式舂碎岩石，注水或利用地下水，用竹筒将岩屑和水汲出。卓筒井的井径仅碗口大小，井壁不易崩塌。古人还将大楠竹去节，首尾套接，外缠麻绳，涂以油灰，下至井内作为套管，防止井壁塌陷和淡水浸入。取卤时，以细竹做汲卤筒，插入套管内，筒底以熟皮做启闭阀门，一筒可汲卤数斗，井上竖大木架，用辘轳、车盘提取卤水。

卓筒井的出现，标志着中国古代深井钻凿工艺的成熟。此后，盐井深度不断增加。1835 年，四川自贡盐区钻出了当时世界上第一口超千米的深井——燊海井。

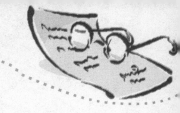

5. 实验高速氧化反应

爱因斯坦的工具

一支蜡烛

一些钢丝球上的细钢丝

一截木棍

实验开始

1. 把蜡烛放在水池边，并点燃。

2. 在木棍上缠绕一些细钢丝。

3. 把细钢丝伸到蜡烛的火焰上方。

奇妙的结果

当把细钢丝伸到蜡烛上方时，钢丝会突然燃起火苗，迸出火花。

其实这只是一种高速的氧化反应。铁和空气中的氧发生反应形成了氧化铁，所以才会燃烧并迸出火花。作这个实验时一定要注意安全，小心火花四溅，导致烧伤或者烫伤。

爱因斯坦告诉你

氧化反应

狭义的氧化指物质与氧化合，还原指物质失去氧的作用。氧化时氧化值升高，还原时氧化值降低。氧化、还原都指反应物（分子、离子或原

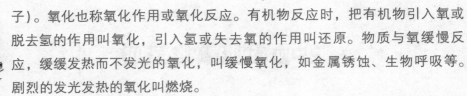

子）。氧化也称氧化作用或氧化反应。有机物反应时，把有机物引入氧或脱去氢的作用叫氧化，引入氢或失去氧的作用叫还原。物质与氧缓慢反应，缓缓发热而不发光的氧化，叫缓慢氧化，如金属锈蚀、生物呼吸等。剧烈的发光发热的氧化叫燃烧。

一般物质与氧气发生氧化时放热，个别可能吸热，如氮气与氧气的反应。电化学中阳极发生氧化，阴极发生还原。

根据氧化剂和氧化工艺的不同，氧化反应主要分为空气（氧气）氧化和化学试剂氧化。化学试剂氧化具有选择性好、过程简单、方便灵活等优点，在医药化工领域，由于产品吨位小，因此多用化学试剂氧化法。化学试剂氧化所用的氧化剂有无机氧化剂和有机氧化剂，无机氧化剂包括：高价金属氧化物、高价金属盐、硝酸、硫酸、氯酸钠、臭氧、过氧

化氢等；有机氧化剂一般是缓和的氧化剂，包括硝基物、亚硝基物、过氧酸以及与无机氧化物形成的复合氧化剂。

6. 轻松洗掉血渍

爱因斯坦的工具

两块带有血渍的白布

一盆热水

一盆凉水

一块肥皂

实验开始

1. 分别把两块带有血渍的白布浸泡在凉水和热水中。
2. 过一段时间后，取出两块白布进行观察。
3. 然后取出肥皂，分别清洗两块白布。

奇妙的结果

浸泡在热水中的白布上的血渍颜色变深也变暗了，并且在用肥皂清洗的时候很难洗掉。而浸泡在冷水中的白布上的血渍颜色变浅了，用肥皂轻轻一打便被清洗干净了。

原来，血液中含有血红蛋白，血红蛋白在遇热后会发生化学反应，使血渍难溶于水，也就变得不容易清洗了。

爱因斯坦告诉你

血液的成分

血液是流动在心脏和血管内的不透明的红色液体，血液有四种成分组

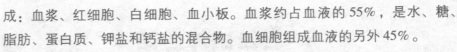

成：血浆、红细胞、白细胞、血小板。血浆约占血液的 55%，是水、糖、脂肪、蛋白质、钾盐和钙盐的混合物。血细胞组成血液的另外 45%。

血浆相当于结缔组织的细胞间质，为浅黄色半透明液体，其中除含有大量水分以外，还有无机盐、纤维蛋白原、白蛋白、球蛋白、酶、激素、各种营养物质、代谢产物等。

血细胞分为三类：红细胞、白细胞、血小板。红细胞呈双凹圆盘状，中央较薄，周缘较厚，在血涂片标本中呈中央染色较浅、周缘较深。在扫描电镜下，可清楚地显示红细胞的这种形态特点。红细胞的这种形态使它具有较大的表面积，从而能最大限度地适应其功能。新鲜单个红细胞为黄绿色，大量红细胞使血液呈猩红色。白细胞为无色有核的球形细胞，

体积比红细胞大，能做变形运动，具有防御和免疫功能。血小板是哺乳动物血液中的有形成分之一。它有质膜，没有细胞核结构，一般呈圆形，体积小于红细胞和白细胞。1882 年，意大利医师比佐泽罗发现它们在血管损伤后的止血过程中起着重要作用，首次提出血小板的命名。血小板具有特定的形态结构和生化组成，在止血、伤口愈合、炎症反应、血栓形成及器官移植排斥等生理和病理过程中有重要作用。

7、制作灭火工具

爱因斯坦的工具

一支蜡烛

一些醋

一些碳酸氢钠

两个透明玻璃杯

实验开始

1. 取出一个玻璃杯，把蜡烛放在里面并点燃。

2. 在另一个玻璃杯中加入一些碳酸氢钠。

3. 加入碳酸氢钠后，再倒入一些醋。

奇妙的结果

加入醋后，你会发现杯中开始冒泡，产生泡沫，把泡沫轻轻倒在蜡烛上，蜡烛的火焰马上就熄灭了。

原来，碳酸氢钠和醋产生了二氧化碳，所以才会冒泡。二氧化碳不能燃烧，所以把泡沫倒在蜡烛上时，阻隔了蜡烛与氧气的接触，从而导致火焰熄灭。

爱因斯坦告诉你

常见的灭火器种类

二氧化碳灭火器：是一种具有一百多年历史的灭火剂，价格低廉，获取、制备容易，其主要依靠窒息作用和部分冷却作用灭火。二氧化碳灭火器主要用于扑救贵重设备、档案资料、仪器仪表、600伏以下电器设备及油类的初起火灾。在使用时，应首先将灭火器提到起火地点，放下灭火器，拔出保险销，一只手握住喇叭筒根部的手柄，另一只手紧握启闭阀的压把。对没有喷射软管的二氧化碳灭火器，应把喇叭筒往上扳70～90度。使用时，不能直接用手抓住喇叭筒外壁或金属连接管，防止手被冻伤。在使用二氧化碳灭火器时，在室外使用的，应选择上风方向喷射；在室内窄小空间使用的，灭火后操作者应迅速离开，以防窒息。

　　干粉灭火器：干粉灭火器内充装的是干粉灭火剂。干粉灭火剂是用于灭火的干燥且易于流动的微细粉末。常用的开启方法为压把法，将灭火器提到距火源适当距离后，先上下颠倒几次，使筒内的干粉松动，然后让喷嘴对准燃烧最猛烈处，拔去保险销，压下压把，灭火剂便会喷出灭火。另外还可用旋转法。开启干粉灭火棒时，左手握住其中部，将喷嘴对准火焰根部，右手拔掉保险卡，顺时针方向旋转开启旋钮，打开贮气瓶，滞时1～4秒，干粉便会喷出灭火。

　　清水灭火器：清水灭火器中的灭火剂为清水。水在常温下具有较低的黏度、较高的热稳定性、较大的密度和较高的表面张力，是一种古老而又使用范围广泛的天然灭火剂，易于获取和储存。利用清水灭火器时可采用拍击法，先将清水灭火器直立放稳，摘下保护帽，用手掌拍击开启杠顶端的凸头，水流便会从喷嘴喷出。

　　简易式灭火器：它的特点是灭火剂充装量在500克以下，压力在0.8兆帕以下，而且是一次性使用，不能再充装的小型灭火器。简易式灭火器

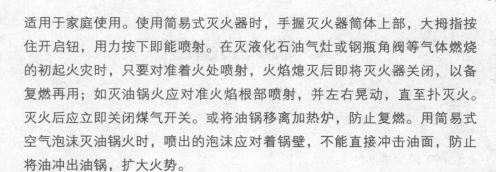

适用于家庭使用。使用简易式灭火器时，手握灭火器筒体上部，大拇指按住开启钮，用力按下即能喷射。在灭液化石油气灶或钢瓶角阀等气体燃烧的初起火灾时，只要对准着火处喷射，火焰熄灭后即将灭火器关闭，以备复燃再用；如灭油锅火应对准火焰根部喷射，并左右晃动，直至扑灭火。灭火后应立即关闭煤气开关。或将油锅移离加热炉，防止复燃。用简易式空气泡沫灭油锅火时，喷出的泡沫应对着锅壁，不能直接冲击油面，防止将油冲出油锅，扩大火势。

8. 消失的墨迹

爱因斯坦的工具

两个透明玻璃杯

一些消毒液

一瓶墨水

一些清水

实验开始

1. 拿出其中一个玻璃杯，往里面倒入一些清水。

2. 在清水中滴入几滴墨水。

3. 往另一个玻璃杯中倒入一些消毒液。

4. 把滴入墨水的水倒入装有消毒液的玻璃杯中。

5. 轻轻摇晃玻璃杯。

奇妙的结果

太神奇了，本来被墨水染上色的水竟然又变成了清水。这是怎么一回事？

其实，这是化学反应的结果。消毒液中的次氯酸钠溶解掉了水中的墨水，使它变成了透明的液体，故而水又变成了清水。

爱因斯坦告诉你

消毒液的正确使用方法

消毒液由于其化学成分不同，消毒对象也不尽相同，进行家庭消毒时，最好选择性质比较温和的消毒液。

像人们熟知的 84 消毒液，虽然对常见的有害微生物有杀灭作用，但并不适合家庭消毒时使用，其主要是用在医院和公共场所的地面、墙壁、门窗等处。它的主要用途是对由痢疾杆菌、大肠杆菌等肠道致病菌感染的疾病、肠炎、腹泻和黄色葡萄球菌引起的化脓性感染者污染物的消毒。84 消毒液的主要成分是次氯酸钠，腐蚀性比较强，其杀菌作用主要是依靠氧化能力，浓度越高，消毒效果越好。但浓度越高也越容易引起金属生锈和带色物品褪色，对皮肤的刺激性也越强。而且次氯酸钠溶液的稳定性较差，开瓶后需要尽快使用。

家庭消毒时，配制消毒液一定要掌握好比例，必须严格按说明书的配比使用。很多人在配制消毒液时，不按说明的比例调配或不使用量具而只靠习惯和估计，这种做法的危害性很大。一方面，消毒液只有在一定的浓度下才有消毒的效果；另一方面，消毒液绝对不是越浓越好。这跟滥用抗生素的危害是一样的，用多用少都会失效。

如果消毒液的浓度不够，不但达不到消毒的效果，而且还培养了"细菌"的"耐药性"。长此以往，一般的消毒剂就会对日益壮大的细菌无可奈何。如果消毒液的浓度太高，不但容易残留难以清洗，对消毒对象产生明显的破坏作用，还会给人体的健康带来损害，比如胸闷、咳嗽、呼吸困难等呼吸道的损害。另外，如果消毒液不慎与裸露的皮肤接触，还会产生腐蚀作用，高浓度的消毒液可能会灼伤皮肤。

9、冲洗不掉的图案

爱因斯坦的工具

一个鸡蛋

一袋醋

一个杯子

实验开始

怎样让鸡蛋上的涂鸦保持长久不掉色呢？一块儿来做做看吧。

1. 在鸡蛋上画上一些图案。

2. 取出杯子，在杯子中倒入醋。

3. 把鸡蛋放进去，浸泡几个小时。

4. 把旧醋倒掉再倒入新醋。

5. 把鸡蛋再放进去，继续浸泡几个小时。

6. 最后取出醋中鸡蛋，用清水洗净。

奇妙的结果

经过醋泡的鸡蛋表皮的图案并没有被水冲洗掉，还是清晰可见。

原来，白醋中的酸和鸡蛋皮中的钙发生了化学反应，放出二氧化碳气体。而蛋壳上的图案并未受到侵蚀破坏，所以保持着原来的样子。

爱因斯坦告诉你

鸡蛋壳的学问

鸡蛋壳的主要成分是碳酸钙，含有 91.96 ~ 95.76%，此外尚含有碳酸镁、磷酸钙及胶质等；有机物的含量约 3.55 ~ 6.45%，蛋壳中的色素有好几种。

一个人握住一个鸡蛋使劲地捏，可是无论怎样用力，也不能把鸡蛋捏碎。薄薄的鸡蛋壳为什么这样坚固呢？科学家怀着极大的兴趣研究了这个问题，终于发现薄薄的蛋壳之所以能承受这么大的压力，是因为它能够把受到的压力均匀地分散到蛋壳的各个部分。建筑师根据这种"薄壳结构"的特点，设计出许多既轻便又省料的建筑物。这就是鸡蛋壳握不碎的原理。此外，它还有以下功用：

擦家具。新鲜的蛋壳在水中洗后，可得到一种蛋白与水的混合溶液，用这种溶液擦玻璃或其他家具，可增加光泽。

清洁热水瓶。热水瓶中有了污垢，可放入一把捣碎的蛋壳，加点儿清水，左右摇晃，可以去垢。

除水壶中的水垢。烧开水的水壶有一层厚厚的水垢，坚硬难除。只要用它煮上两次鸡蛋壳，即可全部去掉。

洗玻璃瓶。在满是油垢的小颈玻璃瓶中放一些碎蛋壳，加满水，放置一两天，中间可摇晃几次，油垢即自行脱落。如果油垢不严重的话，在瓶内放些碎蛋壳，加半瓶水，用手握住瓶口，摇晃几次，即可使瓶子干净。

养花卉。将清洗蛋壳的水浇入花盆中，有助于花木的生长。将蛋壳碾碎后放在花盆里，既能保持水分，又能为花卉提供养分。

10. 燃烧的果皮

爱因斯坦的工具

一支蜡烛
新鲜的橘子皮

实验开始

蜡烛会开花，这是怎么一回事？我们来亲自看一下。

1. 在一间比较暗的房间内，将蜡烛放在桌面上。

2. 点燃蜡烛。

3. 拿出新鲜的橘子皮，靠近蜡烛火焰。

4. 使劲挤压橘子皮。

奇妙的结果

当挤压橘子皮时，蜡烛会突然迸溅出一些火花。这是为什么呢？

原来，橘子皮中挤出的汁叶含有植物油成分，植物油遇到蜡烛的火焰，便会燃烧起来，产生火花。

爱因斯坦告诉你

了解植物油

植物油脂是由脂肪酸和甘油化合而成的天然高分子化合物，广泛分布于自然界中。凡是从植物种子、果肉及其他部分提取所得的脂肪，统称植物油脂。

　　按性状，植物油可分为油和脂两类。通常把在常温下为液体者称为油，常温下为固体和半固体者称为脂。按用途，分为食用植物油脂和工业用植物油脂两大类。主要用途如下：食用植物油脂：人类的膳食中需要保

证油脂的含量。如果人体长时期摄入油脂不足，体内缺乏脂肪，即会营养不良、体力不佳、体重减轻，甚至丧失劳动能力。食用植物油脂是人类的重要副食品，主要用于烹饪、糕点、罐头食品等，还可以加工成菜油、人造奶油、烘烤油等供人们食用。工业用植物油脂：其用途极为广泛，是肥皂、油漆、油墨、橡胶、制革、纺织、蜡烛、润滑油、合成树脂、化妆品及医药等工业品的主要原料。氢化植物油：也叫反式脂肪酸，俗称奶精、乳马林或人造奶油，是普通植物油在一定温度和压力下加氢催化的产物。因为它不但能延长保质期，还能让糕点更酥脆；同时，由于熔点高，室温下能保持固体形状，因此广泛用于食品加工。氢化过程使植物油更加饱

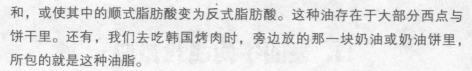

和，或使其中的顺式脂肪酸变为反式脂肪酸。这种油存在于大部分西点与饼干里。还有，我们去吃韩国烤肉时，旁边放的那一块奶油或奶油饼里，所包的就是这种油脂。

另外，珍珠奶茶中的奶香就是使用氢化植物油与甜味剂、香料、木薯粉等材料调制而成，对身体有害，不宜多吃。

11、铁的不同氧化反应

爱因斯坦的工具

四枚铁钉

一些生石灰

一些清水

四支玻璃试管

一个橡皮塞

实验开始

让铁不生锈，能做到吗？看看实验中是如何操作的吧。

1. 把铁钉分别放入玻璃试管中。

2. 第一支试管中倒入一些清水，并且使一半铁钉不被水浸泡。

3. 第二支试管中也倒入一些清水，使铁钉全部浸在水中。

4. 第三支试管中注满凉白开，并用橡皮塞堵住。

5. 第四支试管中加入少量生石灰，也用橡皮塞塞紧。

奇妙的结果

放置一段时间之后，你会发现，第一支试管中的铁钉生锈现象最严重。而其他几支试管中的铁钉虽然也多少有些生锈现象，但比第一支试管中的情况要轻得多。

原来，铁钉生锈，主要是与空气中的氧气发生氧化反应。第二支试管中，水中的氧气很少，不如空气中的多，所以氧化较慢。而第三支试管中的白开水中几乎没有氧气，所以氧化过程也很慢。第四支试管中，虽然氧气充足，但是水分不足，也使氧化反应减慢了。所以第一支试管中，又有氧气又有水分的铁钉生锈最快。

爱因斯坦告诉你

铁与不锈钢

铁容易生锈，除了由于它的化学性质活泼以外，同时与外界条件也有很大关系。水分是使铁容易生锈的物质之一。然而，光有水也不会使铁生锈，只有当空气中的氧气溶解在水里时，氧在有水的环境中与铁反应，才会生成一种叫氧化铁的东西，这就是铁锈。铁锈是一种棕红色的物质，它不像铁那么坚硬，很容易脱落，一块铁完全生锈后，体积可涨大八倍。如果铁锈不除去，海绵状的铁锈特别容易吸收水分，铁也就烂得更快了。

要除去铁锈，可以利用各种工具把它铲掉，也可以泡在酸性的溶液中把它溶解掉。在去掉铁锈以后，一定要对铁器表面进行处理，涂上一层铅丹，再涂上油漆；或者镀上其他不容易生锈的金属。更彻底的办法就是给铁加入一些其他金属，制成不锈的合金。我们熟悉的不锈钢，就是在钢中

科学游戏

加入一点儿镍和铬而制成的合金。

　　不锈钢具有抵抗大气氧化的能力，即不锈性，同时也具有在含酸、碱、盐的介质中耐腐蚀的能力，即耐腐蚀性。但其抗腐蚀能力的大小是随其本身钢质化学组成、相互状态、使用条件及环境介质类型而改变的。如有的材料，在干燥清洁的大气中，有绝对优良的抗腐蚀能力，但将它移到海滨地区，在含有大量盐分的海雾中，很快就会生锈。因此，不是任何一种不锈钢在任何时候都能耐腐蚀，不生锈的。

　　不锈钢是靠其表面形成的一层极薄而又坚固细密的稳定的富铬氧化膜（防护膜），防止氧原子继续渗入、继续氧化，而获得抗腐蚀的能力。一旦有某种原因，这种薄膜遭到不断地破坏，空气或液体中的氧原子就会不断地渗入，或金属中的铁原子不断地析离出来，形成疏松的氧化铁，金属表面就会受到不断地锈蚀。

第八章

你不知道的人体奥秘

1、睁眼也看不见

爱因斯坦的工具

一张白纸

一支笔

实验开始

用笔在白纸上轻轻画一个圆点。

把白纸拿在手中，闭起一只眼。

调节眼睛和白纸的距离。

奇妙的结果

当调节到某段距离时，你会发现，纸上的圆点不见了。这便是眼睛的盲点。

盲点是因为眼睛形成了视野缝隙，造成了视网膜上某一点没办法感光，形成了盲点。

爱因斯坦告诉你

视觉盲点

由于人眼的视神经是在视网膜前面，它们汇集到一个点上穿过视网膜进入大脑，如果一个物体的像刚好落在这个点上就会看不到，这个点称为盲点。

当我们用两只眼睛看东西时，同一点的反射光线到达左右眼睛的视网膜上的位置不一样，即使一条光线正好在盲点，另一条光线也不会在另一只眼睛的盲点，因此我们看见的都是完整的图像。盲点就是视网膜上没有视觉感觉细胞的那一点，你只用一只眼看东西时，如果细心，就可以看到。有一个实验可以证明：在一张白纸上分别画一只白狗和一只黑狗，然后闭上一只眼，用另一只眼盯着白狗，缓缓增大眼和纸之间的距离，在某一点你会发现黑狗不见了（记住眼睛要盯住白狗）。

怎么找出自己眼睛的盲点呢？在一张白纸上画两个点，点的大小随意，要是眼睛近视那就大点。两点距离 7～11 厘米，把画好的亮点平行放置于眼睛前一段距离。捂住自己的一只眼睛，如果捂住的是左眼，那么就用右眼看纸上左边的点。前后稍微移动你的脑袋，眼睛要看着你看的这个点，当然，你的余光可以看见另外一个点。达到某一段距离，你会发现你的余光里，那个点消失了。当你用两只眼睛看东西的时候，每一只眼睛盲点所不及的地方，就被另一只眼睛的视觉弥补了。所以，所谓盲点，大多数人是完全感觉不到的，只有单眼的人偶然会察觉。

2. 被迷惑的感觉

爱因斯坦的工具

手指

实验开始

1. 把中指和食指交叉起来。
2. 交叉后的手指放在鼻子上摩擦。

奇妙的结果

这个时候，你会产生一种错觉，好像在摸的是两个鼻子，这是怎么回事呢？

原来，交叉后的手指位置进行了交换，而每根手指是单独向大脑提供摸到的感觉，所以就产生摸到两个鼻子的错觉。

爱因斯坦告诉你

错觉

错觉是对客观事物的一种不正确的、歪曲的知觉。错觉可以发生在视觉方面，也可以发生在其他知觉方面。引起错觉的原因很多，感知条件不佳、客观刺激不清晰、视听觉功能减退、强烈情绪影响、想象、暗示，以及意识障碍等都能引起错觉。

一种错觉是错视，如把挂在衣架上的大衣看成是躲在门后的人，把安装在天花板上的吸顶灯看成是挂在天花板上的椰子等。还有一种错觉是幻想性错觉，意思是病人把实际存在的事物，通过病人自己的主观想象作用，错误地感知为与原事物完全不同的一种形象，如病人把天上的彩云通过想象感知为飞舞的仙女的形象，有的病人把墙上的裂纹通过想象错误地感知为一些美丽的图案或张牙舞爪、面目狰狞的凶恶怪兽。除错视、幻想性错觉外，还有错味、错触、错嗅、错听和内感性错觉。

天才孩子最喜欢的科学游戏

科学游戏

3、奇妙的味觉

爱因斯坦的工具

一些糖

一根苦瓜

一些醋

一些食盐

实验开始

1. 把糖放在舌头的上下左右感受一下。

2. 把苦瓜放在舌头的上下左右感受一下。

3. 把醋滴在舌头的上下左右感受一下。

4. 把食盐放一些在舌头的上下左右感受一下。

奇妙的结果

你会发现，在舌头的不同地方，你尝到了不同的味道：

甜味是在舌尖上尝到的。

苦味是在舌根附近尝到的。

酸味是在舌头侧面靠后的位置尝到的。

而咸味是在舌头侧面靠前的位置上尝到的。

爱因斯坦告诉你

味 觉

味觉是指食物在人的口腔内刺激味觉器官化学感受系统而产生的一种感觉。不同地域的人对味觉的分类不一样。从味觉的生理角度分类，只有四种基本味觉：酸、甜、苦、咸，它们是食物直接刺激味蕾产生的。辣味是食物成分刺激口腔黏膜、鼻腔黏膜、皮肤和三叉神经而引起的一种痛觉。苦味是食物成分刺激口腔，使蛋白质凝固时产生的一种收敛感觉。

口腔内感受味觉的主要是味蕾，其次是自由神经末梢，婴儿有 10000 个味蕾，成人有几千个，味蕾数量随年龄的增大而减少，对物质的敏感性也降低。味蕾大部分分布在舌头表面的乳状突起中，尤其是舌黏膜皱褶处的乳状突起中最密集。味蕾一般由 40～150 个味觉细胞构成，大约 10～14 天更换一次。味觉细胞表面有许多味觉感受分子，不同物质能与不同的味觉感受分子结合而呈现不同的味道。

一般人的舌尖和边缘对咸味比较敏感，舌的前部对甜味比较敏感，舌靠腮的两侧对酸味比较敏感，而舌根对苦、辣味比较敏感。人的味觉从各种味的物质刺激到感受到滋味仅需 1.5～4.0 秒，视觉 13～45 秒，听觉 1.27～21.5 秒，触觉 2.4～8.9 秒。在四种基本味觉中，人对咸味的感觉最快，对苦味的感觉最慢。但就人对味觉的敏感性来讲，苦味比其他味觉都敏感，更容易被觉察。

4. 奇妙的剪纸

爱因斯坦的工具

一张 A4 白纸

一把剪刀。

实验开始

让你的身体穿过一张 A4 纸，你能办到吗？是不是觉得不可能？没关系，我们来一起试试就知道行不行了。

1. 拿出 A4 纸，对折一次。

2. 拿出剪刀，在纸的中间剪出一个长方形缺口。

3. 在纸的边缘剪出"W"形波浪样的缺口。

4. 剪的次数越多越好，但要小心不要把纸剪成两半。

奇妙的结果

剪好后，拿起纸片，你会发现原来的纸变成了一个纸圈，而且剪的波浪形越多，纸圈越大，很容易就能使身体穿过去。

这里主要是用了特殊的剪纸方式，你也可以研究一些其他方法，试试能不能达到这种效果。

爱因斯坦告诉你

剪纸艺术

剪纸是中国最为流行的民间艺术之一，根据考察其历史可追溯到公元

6 世纪，甚至更早。过去，人们经常用纸做成形态各异的物像和人像，与死者一起下葬或在葬礼上燃烧，还被用做祭祀祖先和神仙所用供品的装饰物。现在，剪纸更多地是用于装饰，也可作为礼品作点缀之用，甚至剪纸本身也可作为礼物赠送他人。

　　剪纸不是用机器而是由手工做成的，常用的方法有两种：剪刀剪和刀剪。顾名思义，剪刀剪是借助于剪刀，剪完后再把几张（一般不超过 8 张）剪纸粘贴起来，最后再用锋利的剪刀对图案进行加工。刀剪则是先把纸张折成数叠，放在由灰和动物脂肪组成的松软的混合体上，然后用小刀慢慢刻划。剪纸艺人一般是竖直握刀，根据一定的模型将纸加工成所要的图案。和剪刀相比，刀剪的一个优势就是一次可以加工成多个剪纸图案。

　　剪纸从色彩上分，有单色剪纸和套色剪纸。用一种颜色的纸剪刻出来的作品就叫单色剪纸，是最常用的一种形式。而套色剪纸则是用不同颜色的纸剪刻出来的作品，并不常用。

　　2006 年 5 月 20 日，剪纸艺术遗产经国务院批准，被列入第一批国家级非物质文化遗产名录。

5. 抓不住的纸片

爱因斯坦的工具

一张纸片

实验开始

1. 请你的朋友跟你一起进行这个游戏。
2. 让他伸出手掌。
3. 把纸片放在他的手掌上方。
4. 当你松开手中纸片时，让他抓住纸片。

奇妙的结果

结果很可惜，无论他抓多少回，总是会以失败告终。这是为什么呢？

原来，当人眼看见纸片掉落时，先会向大脑提供掉落的信息。当大脑反馈回抓住的信息时，纸片已经掉下去了，总是会晚一步。

爱因斯坦告诉你

人的神经反射活动

反射是最基本的神经活动，通行的说法是将反射分为两种——非条件反射和条件反射。其中，非条件反射是动物和人生下来就具有的，即遗传下来的对外部生活条件特有的稳定的反应方式，在心理发展的早期阶段，这种反应方式提供最基本的生存技能，也就是本能。条件反射是后天训练

出来的，著名科学家巴甫洛夫就曾对条件反射的形成、消退、自然恢复、泛化、分化以及各种抑制现象进行过相当细致、系统的实验研究。

无论是条件反射还是非条件反射，从主观上都可以看成是一种因果作用关系，即都存在着触发条件，都会导致某一结果的产生。

神经系统中的条件反射具有三个要素：输入、传递、输出。其中每一个要素既可以用单个神经元表示，也可以用一个神经群落来表示。当用少数几个神经元表示时，对应的是生物个体对局部刺激的反应；当扩展到神经群落时，对应的可能就是对某一激发事件的处理方法了。

反射中的输入，最能使我们联想到传入神经元，但在这里，它可以指单个的感觉神经元，也可以指一种感官，甚至可以是大脑中某一区域内形成某一表象或是概念的神经群落。反射中的输出同样可以指传出神经元，也可以指大脑中某一区域内形成某一概念或是表象的神经群落。反射中的中间传递过程是信息加工处理的过程，可以由单个神经元、神经链路或是神经网络来承担，甚至可以直接由输入与输出的对应载体来分担。这样，生物神经系统中的反射弧只是它的一个子项罢了。条件反射在主观上也对应着我们常说的"产生、经过与结果"，即因果关系。

6. 止不住的抖动

爱因斯坦的工具

一截细铁丝

一把小刀

实验开始

1. 把细铁丝弯成"V"形。

2. 取出小刀,把细铁丝放在刀背上。

3. 把小刀竖放在桌面上,让细铁丝立在桌面上。

4. 手保持不动。

奇妙的结果

这个时候你越想保持手不动,保持细铁丝的平稳,细铁丝越会抖个不停。这是为什么呢?

原来,人手上的肌肉会一会儿收缩,一会儿放松,交替变化着。当你没有任何支撑物时想保持手的静止不动,是很难的。平时观察不到的细微颤抖,这个时候会看得特别清楚。

爱因斯坦告诉你

怎样控制手抖动

生理性手抖动的幅度小而速度快,多在静止时出现,是一种细小的、

快速的、无规律的抖动。生理性手抖常在精神紧张、恐惧、情绪激动、剧痛及极度疲劳的情况下出现，一旦引起手抖的上述原因消除，手抖也随之消失。

如果排除病理因素，手抖的另一常见病因是由心理因素引起的。有点儿像预期焦虑症。这种问题常常制造了一个使病人感觉到恐惧的情境。比如，你非常担心工作有别人在场时手会发抖，结果别人来到你面前时，手真的在抖动了。在预期性焦虑症中，引起心理反应的症状的焦虑会加剧或导致症状的产生。而症状的出现又进一步强化预期性焦虑，从而形成一个恶性循环。在这个恶性循环中，你被封闭起来而不能自拔。以下方法可以解决这个问题：

减少自我关注。要让自己的注意力转移到你所面临的具体事务上，而不要关注自己的感觉。这是很重要的。减少关注它，你就可以使它得到休息，其冲动强度也就自然减弱了。为了减小对自我的关注，要在所处的情境中学会关注真正的问题。

放弃控制意图。植物神经系统的工作是很难在短时间内受到你的意识控制的。所以越是努力去控制，就越是容易发现控制无效，结果就会处于紧张，甚至焦虑不堪的状态。如果放弃控制意图，不去理会，它是会自动熄灭的。放弃控制的意图，就要求对最坏的后果心中有数，并能坦然接受。

接受态度。要学会与症状为友。当你发现自己欲手抖脸红时，不要与之为敌，进行斗争，控制，而是要学会接受它。可以对自己说，就是有些胆小，有些腼腆，这没什么啦。如果你能这样对自己说，神经系统的工作强度就会降低，影响也变小了。

7、眼睛的视觉暂停

爱因斯坦的工具

一张白纸

一些图画笔

一把剪刀

两根细绳

实验开始

1. 拿出白纸，在其中一面画一只小鸟。

2. 在另一面画一个鸟笼。

3. 用剪刀在纸两端剪出两个小孔。

4. 把绳子绑在两个小孔上。

5. 拉动细绳，使纸片旋转起来。

奇妙的结果

这个时候你会看到，本来单独的小鸟和鸟笼此刻合在了一起，就像是你刚才画了一张小鸟在鸟笼中的图画。

原来这是人的眼睛会产生视觉暂停的原因。前一刻看到的小鸟还留在脑中，后一刻又马上看到了笼子，所以使两者结合在一起，形成笼中鸟的图画。

爱因斯坦告诉你

视觉暂留现象

人眼在观察景物时，光信号传入大脑神经，需经过一段短暂的时间，光的作用结束后，视觉形象并未立即消失，这种残留的视觉称"后像"。视觉的这一现象则被称为视觉暂留。

这是光对视网膜所产生的视觉在光停止作用后，仍保留一段时间的现象，其具体应用于电影的拍摄和放映。它是由视神经的反应速度造成的，其时间是二十四分之一秒。这是动画、电影等视觉媒体形成和传播的根据。

视觉实际上是靠眼睛的晶状体成像，感光细胞感光，并将光信号转换为神经电流，传回大脑引起的。感光细胞的感光是靠一些感光色素，感光色素的形成是需要一定时间的，这就形成了视觉暂留的机理。

视觉暂留现象首先被中国人发现，走马灯便是历史记载中最早的视觉暂留的运用。宋代时已有走马灯，当时称"马骑灯"。这证明了当眼睛看到一系列图像时，它一次保留一个图像。物体在快速运动时，当人眼所看到的影像消失后，人眼仍能继续保留其影像0.1～0.4秒左右。这种现象被称为视觉暂留现象，是人眼具有的一种性质。

8. 醉汉走路

爱因斯坦的工具

一根圆木桩

实验开始

1. 把圆木桩摆在地面上。
2. 弯下腰手扶着圆木桩，围着它转几圈。
3. 松手后笔直地向前走去。

奇妙的结果

很奇怪，这个时候你觉得自己一直在向前走，实际上却是在弯弯曲曲地行走，像一个醉汉一样地走路。

原来，当你转圈时，耳朵内的一种液体开始流动，传递给大脑一种信息，这种信息会使你做出相反的运动来。你要直行，却偏让你弯曲着向前。

爱因斯坦告诉你

重要的半规管

维持姿势和平衡有关的内耳感受装置，包括椭圆囊、球囊和三个半规管。半规管是人和脊椎动物内耳迷路的组成部分，是三根互相垂直的半圆形小管，分为骨半规管和膜半规管。骨半规管和膜半规管均可分为上半规管、后半规管和外半规管。膜半规管内外充满淋巴。半规管一端稍膨大处有位觉感受器，能感受旋转运动的刺激，通过它引起运动感觉和姿势反射，以维持运动时身体的平衡。

内耳前庭部分是控制体平衡的器官，该处有三根互相垂直的半规管。当人体失衡时，半规管便产生平衡脉冲，通过延脑的平衡中枢激发相应的反射动作，以使人体恢复平衡，并避免可能的伤害。这也是先天的本能反射之一。为什么半规管不是两个或四个，而恰巧是三个，而且又互相垂直呢？其理由甚为明显：因为人是生活在三维空间之内，可以有前后、左右和上下三种互相垂直的运动方向，故必须有三根互相垂直的半规管才能全面监控。少于三根不够用，多于三根不需要。可见所有这些精确而巧妙的结构和功能都体现着高超的智慧，绝不是偶然的产物。

科学游戏

9、难忘的冷热交加感觉

爱因斯坦的工具

三个水盆

一些热水

一些冷水

一些常温水

实验开始

水到底是冷的还是热的？当你作完下面的实验，你可能就不知道怎么回答了。

1. 取出三个水盆。

2. 一个盆里倒入热水，一个盆中倒入冷水，最后一个盆中倒入常温水。

3. 把左右手分别放在热水和冷水中浸泡一会儿。

4. 最后，把两只手全部放在常温水中浸泡。

奇妙的结果

当你把手伸入常温水中后，你感觉水是凉的还是热的呢？你能回答出来吗？是不是不好回答？因为此时，你的手一只觉得冷，一只觉得热。这种又冷又热的感觉是什么原因造成的呢？

原来，所谓冷和热，其实是看你拿什么作对比了。热水对常温水，则会感觉常温水凉；而凉水对常温水，自然常温水就热了。这就是你感觉常温水又冷又热的主要原因。

爱因斯坦告诉你

温度感受器

　　皮肤和某些黏膜上的温度感受器，分为冷觉感受器和温觉感受器两种。它们将皮肤及外界环境的温度变化传递给体温调节中枢。人类在实际生活中，当皮肤温度为30℃时产生冷觉，而当皮肤温度为35℃左右时则产生温觉。腹腔内脏的温度感受器，可称为深部温度感受器，它能感受内脏温度的变化，然后传到体温调节中枢。

　　下丘脑、脑干网状结构和脊髓都有对温度变化敏感的神经元：在温度上升时，冲动发放频率增加者，称温敏神经元；在温度下降时，冲动发放频率增加者，称冷敏神经元。在下丘脑前部和视前区温敏神经元数目较多，网状脑干结构中则主要是冷敏神经元，但两种神经元往往同时存在。中枢温度感受器直接感受流经脑和脊髓的血液温度变化，并通过一定的神经联系，将冲动传到下丘脑体温调节中枢。

　　温点和冷点同触点一样，分布随身体部位疏密不均，许多是成群地分布。冷点比温点多，而且冷感受器比温感受器更位于浅层，而冷的感受性一般也要比温的感受性强。身体开孔部附近的皮肤和黏膜、乳头、眼等的温度感觉特别敏锐，而手指比较迟钝。结膜、角膜缘处几乎只具有冷感觉。

10. 不能分散的注意力

爱因斯坦的工具

一张白纸

一支笔

实验开始

当你的脚在画圈时，你的手能写出清晰的字来吗？一起来试一试。

1. 把纸放在桌面上。

2. 脚在地面轻轻做画圈运动。

3. 手中拿笔，试着在纸上写上一些文字。

奇妙的结果

你会发现，你这时候能写出来的只有和脚同样运动轨迹的圆圈，根本写不出可以辨认得出来的文字。

原来，脚的运动干扰了你手上的动作，使你手的动作杂乱起来。这也就是说，人不可能一心二用，很难同时做两样事情。

爱因斯坦告诉你

注意力的控制

注意是指人的心理活动对外界一定事物的指向和集中。具有注意的能力称为注意力。注意自从始至终贯穿于整个心理过程，只有先注意到一定

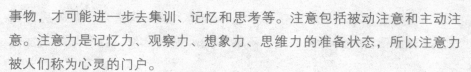

事物，才可能进一步去集训、记忆和思考等。注意包括被动注意和主动注意。注意力是记忆力、观察力、想象力、思维力的准备状态，所以注意力被人们称为心灵的门户。

由于注意，人们才能集中精力去清晰地感知一定的事物，深入地思考一定的问题，而不被其他事物所干扰；没有注意，人们的各种智力因素，如观察、记忆、想象和思维等将得不到一定的支持而失去控制。

注意力有五大品质：注意力的稳定性、注意力的集中性、注意力的范围、注意力的分配、注意力的转移。

注意力不集中的具体表现是：

容易分心。不能专心做一件事，注意力很难集中，做事常有始无终。

学习困难。上课不专心听讲，易走神，学习成绩不稳定，健忘、厌学，作业、考试中经常因马虎大意而出错。

活动过多。在任何场合下都无法安静，手脚不停或不断插嘴，干扰大人的活动，平时走路急促，经常无目的地乱闯乱跑，不听劝阻。

冲动任性。情绪不稳定，易变化，常常不假思索就得出结论，行为不顾忌后果。

天才孩子最喜欢的科学游戏

科学游戏

自控力差。不遵守规章秩序，不听老师、家长的指示，做事乱无章法，随随便便，一切听之任之，不能与别人很好合作，容易与他人发生冲突。

通常注意力不集中有几方面原因造成：

生理原因。由于孩子大脑发育不完善，神经系统兴奋和抑制过程发展不平衡，故而自制能力差。这是正常的，只要教养得法，随着年龄的增长，绝大多数孩子能做到注意力集中。

病理原因。儿童存在轻微脑组织损害、脑内神经递质代谢异常。另外，有听觉或视觉障碍的孩子也会被误以为充耳不闻，不注意听或视若无睹。这些情况需要得到专科医师指导下的治疗才能改善。

环境原因。许多糖果、含咖啡因的饮料，或掺有人工色素、添加剂、防腐剂的食物，会刺激孩子的情绪，影响专心程度。此外，孩子的学习环境混乱、嘈杂、干扰过多，也会影响孩子的注意力。

第九章

和动物一起玩耍

1、蚂蚁找路

爱因斯坦的工具

一只蚂蚁

实验开始

把蚂蚁逮住，拿到离蚁窝两三步远的位置。

奇妙的结果

暗中观察蚂蚁的活动，你发现，没过多久，它就会找到回家的路，顺利回到蚁窝。

蚂蚁除了视觉敏锐，它还会根据太阳的位置以及光线的照射辨认回家的路线，顺利回到蚁窝。另外，气味对蚂蚁来说也是它找到回家路的一种方法。

爱因斯坦告诉你

蚂蚁的本领

早在人类诞生之前，蚂蚁就会修筑"公路"。亚马孙雨林中的蚁类为躲避狂风暴雨，在树上啃出一条条凹槽，或在平地用沙砾修筑成沟槽，作为它们的公路；蚂蚁是列队行进的，为解决相对而行或十字路口的交通阻塞，它们竟"设计"出了类似立交桥的环形交叉路口。

别看蚂蚁的神经系统并不发达，就那么几个小小的神经元在一起，根本谈不上有头脑和思想，然而，它们一旦成为一个整体时，居然能够思考、筹划、谋算，成为一部活计算机。它们无需图纸，也没有指挥和监理，但竟能齐心协力地设计并建造成五花八门、奇形怪状的蚁丘。蚁丘的内部布局合理，空气流通，温度恒定，各种设施齐备，其工程浩大令人惊叹：有上百个蚁丘相通，可长达数十米；有的如"摩天大楼"拔地而起，最高的可达 6 米，按其身高的比例，相当于人类 300 层的摩天大厦。蚂蚁王国的这般工程往往需要十余年的艰辛劳作，而工蚁的寿命不过两年，也就是说，需要几代蚂蚁的努力方可大功告成。据考证，蚂蚁早在 5000 万年前就完成了类似人类从"狩猎"到"农耕"的转变。现在，地球上约有两百余种蚂蚁都有种植蘑菇类真菌的本领。它们不但懂得施肥、收割，还懂得利用树叶发酵产生的热量来保持真菌园里恒定的温度和湿度。

2. 爱吃糖的蚂蚁

爱因斯坦的工具

一些天然水果汁

一些用糖精调出来的糖汁

一只蚂蚁

实验开始

1. 找一只蚂蚁，把它放在地上。

2. 在它附近滴一些天然水果汁。

3. 离它更近的地方再滴一些用糖精调出来的糖水。

奇妙的结果

观察蚂蚁，它会选择离得远的水果汁，还是选择离得近的糖水呢？观察一段时间后，你会发现，蚂蚁放弃了离得近的糖水，却选择了比较远的天然果汁。

原来，天然果汁中所含的糖分子更能引起蚂蚁的味觉感受器的反应。蚂蚁头上的触角就是它的味觉感受器，它会根据触角的触摸和气味来分辨食物。

爱因斯坦告诉你

蚂蚁的觅食

蚂蚁是社会性很强的昆虫，彼此通过身体发出的信息素来进行交流沟

通。当蚂蚁找到食物时，会在食物上撒布信息素，别的蚂蚁就会本能地把有信息素的东西拖回洞里去。

当蚂蚁死掉后，它身上的信息素依然存在，当有别的蚂蚁路过时，会被信息素吸引，但是死蚂蚁不会像活的蚂蚁那样跟对方交流信息（互相触碰触角）。于是，它带有信息素的尸体就会被困惑的同伴当成食物运回去。

通常情况下，蚂蚁的尸体不会被当成食物吃掉，因为除了信息素以外，每一窝的蚂蚁都有自己特定的识别气味，有相同气味的东西不会受到攻击，这就是同窝的蚂蚁可以很好协作的基础。

蚁类的食性在不同亚科和不同种类之间有很大差别，一般可分为肉食性、植食性和杂食性。蚂蚁在一年中的大部分时间里都在辛勤地劳动。蚂蚁在入冬之前开始准备。它们首先搬运杂草种子，准备明年播种用；同时搬运蚜虫、介壳虫、角蝉和灰蝶幼虫等到自己巢内过冬，从这些昆虫身上吸取排泄物作为食料（奶蜜）。蚂蚁是按照年生物钟的运行规律作好越冬期食物储备的。

3、靠黏液爬行的蜗牛

爱因斯坦的工具

一只蜗牛

一个锋利的刀片

一块透明玻璃镜片

实验开始

1. 把蜗牛放在刀片的刀刃上使其爬行。

2. 再把蜗牛放在透明玻璃片上让其爬行。

奇妙的结果

很多人一定会想，蜗牛在刀刃上肯定会被划伤，以至于不能爬行。事实是蜗牛完好无损地在刀刃上行动着。

原来，蜗牛会分泌一种黏液，它看似是爬行，实际上是在黏液中滑行，所以不会将自己弄伤。把蜗牛放在玻璃片上后，你在玻璃片底部就可以很清楚地观察到它是如何爬行的。

爱因斯坦告诉你

认识蜗牛

蜗牛的整个躯体包括贝壳、头、颈、外壳膜、足、内脏、囊等部分，身背螺旋形的贝壳。它们的贝壳形状、颜色、大小不一，有宝塔形、陀螺

形、圆锥形、球形、烟斗形，等等。目前国内养殖的白玉蜗牛、盖罩大蜗牛、散大蜗牛、亮大蜗牛、褐云玛瑙蜗牛等，都有自己独特的外形。蜗牛的眼睛长在触角上。腹面有扁平宽大的腹足，行动缓慢，足下分泌黏液，降低摩擦力以帮助行走，黏液还可以防止蚂蚁等一般昆虫的侵害。蜗牛是在靠近呼吸孔的地方排泄的。

蜗牛是世界上牙齿最多的动物，虽然它的嘴大小和针尖差不多，但是却有 25600 颗牙齿。在蜗牛的小触角中间往下一点儿的地方有一个小洞，这就是它的嘴巴，里面有一条锯齿状的舌头，科学家们称之为"齿舌"。

蜗牛一般生活在比较潮湿的地方，在植物丛中躲避太阳直晒。在寒冷地区生活的蜗牛会冬眠，在热带生活的蜗牛旱季也会休眠，休眠时分泌出的黏液形成一层干膜封闭壳口，全身藏在壳中，当气温和湿度合适时就会出来活动。据科学家测定，蜗牛爬行的最快速度大约是每小时 12.2 米。

4. 蚯蚓是怎么认路的

爱因斯坦的工具

一条蚯蚓

一根木棍

一棵葱

实验开始

1. 把蚯蚓放在平地上。

2. 先把一根木棍放在它的面前。

3. 观察一会儿后，再将葱放在它的侧面。

奇妙的结果

把木棍放在蚯蚓面前时，它好像并未察觉，继续向前移动。但当把葱放在它的一侧时，它隔一会儿便会向着葱的方向移去。

原来，蚯蚓长期生活在土壤中，眼睛已经退化。它根据前端的嗅觉器官来分辨方向并且探路。

爱因斯坦告诉你

了解蚯蚓

蚯蚓的体长约 100 毫米，体重约 0.7~4 克。生活在潮湿、疏松和肥沃的土壤中，身体呈圆筒形，约由 100 多个体节组成。前段稍尖，后端稍圆，在前端有一个分解不明显的环带。腹面颜色较浅，大多数体节中间有刚毛，在蚯蚓爬行时起固定支撑作用。在 11 节体节后，各节背部背线处有背孔，便于呼吸，保持身体湿润。蚯蚓是通过肌肉收缩向前移动的，具有避强光、趋弱光的特点。

蚯蚓是对环节动物门寡毛纲类动物的通称。在科学分类中，它们属于单向蚓目。身体两侧对称，具有分节现象；没有骨骼，在体表覆盖一层具有色素的薄角质层。蛋白质含量达 70%，还有微量元素，如磷、钙、铁、钾、锌、铜以及多种维生素。除了身体前两节之外，其余各节均具有刚毛。雌雄同体，异体受精，生殖时由环带产生卵茧，繁殖下一代。目前已知蚯蚓有 200 多种，被生物学家达尔文称为地球上最有价值的动物。其循环系统是封闭式，消化管为由前至后延伸的管状构造，排泄则经由肛门或肾管进行，喜食腐质的有机废弃物。以皮肤呼吸，会从背孔分泌黏液以保持皮肤的湿润。

在大雨过后，常会发现蚯蚓爬出洞口被太阳晒死。目前科学界对此原因尚未十分明了，应该不是怕水的原因，可能原因包括生病、地底氧气不足、二氧化碳过多等。蚯蚓的运动和排泄物对改善土壤的质量非常有益，可使土壤保持良好的透气性，使土壤保持健康状态，对农业有重要作用。

5. 谁在威胁苍蝇

爱因斯坦的工具

一只苍蝇

一个放大镜

实验开始

1. 在临近冬天时，逮住一只苍蝇。
2. 拿出放大镜，观察苍蝇的外表。

奇妙的结果

通过放大镜，你会看到苍蝇表皮有些苍白，并且不久之后就会死亡。

原来，秋天之后，苍蝇就会受到一种真菌的威胁，大批死亡。这种真菌通过它的孢子传染给无数苍蝇，并在苍蝇体内生长，造成苍蝇死亡。也有极少数雌性苍蝇能躲过这一威胁，安全度过冬天，第二年夏天重新进行繁殖。

爱因斯坦告诉你

苍蝇的习性

一只苍蝇的寿命在盛夏季节可存活 1 个月左右。但在温度较低的情况下，它的寿命可延长 2 至 3 个月，低于 10℃ 时它几乎不进行活动，寿命更长些。普通苍蝇的成虫寿命是 15～25 天，如果连它的幼虫期和蛹期都包括

在内，它的寿命则是 25～70 天。

　　苍蝇的体表多毛，足部抓垫能分泌黏液，喜欢在人或畜的粪尿、痰、呕吐物以及尸体等处爬行觅食，极容易附着大量的病原体，如霍乱弧菌、伤寒杆菌、痢疾杆菌、肝炎杆菌、脊髓灰质炎病菌、蛔虫卵等；又常在人体、食物、餐饮具上停留，停落时有搓足和刷身的习性，附着在它身上的病原体很快能污染食物和餐饮具。苍蝇吃东西时，先吐出嗉囊液，将食物溶解才能吸入，而且边吃、边吐、边拉；在食物较丰富的情况下，苍蝇每分钟要排便 4～5 次。这样，就把原来吃进消化液中的病原体一起吐了出来，污染它吃过的食物，人再去吃这些食物和使用污染的餐饮具就会得病。霍乱、痢疾的流行和细菌性食物中毒与苍蝇传播的直接相关，但它也不是一无是处，若没有它，人类将身陷腐臭之地。

　　苍蝇没有鼻子，但是它有另外的味觉器官，并且还不在头上、脸上，而是在脚上。只要它飞到了食物上，就先用脚上的味觉器官去品一品食物的味道如何，然后再用嘴去吃。因为苍蝇很贪吃，又喜欢到处飞，见到任何食物都要去尝一尝，这样一来，苍蝇的脚上就会沾有很多食物，这样既不利于苍蝇飞行，又阻碍了它的味觉。所以，苍蝇把脚搓来搓去，是为了把脚上沾的食物搓掉。

6. 小生物的眼睛

爱因斯坦的工具

一个小纸盒

一把剪刀

一只蚱蜢

一支黑色画图笔

一些胶条

实验开始

1. 拿出小纸盒，在一旁用剪刀剪一个小洞，要比蚱蜢大。

2. 用黑色画图笔把纸盒内部全部涂成黑色。

3. 用胶条把蚱蜢的两只大眼睛贴住。

4. 观察一会儿后，再把蚱蜢两眼之间的隆起部分也贴住。

奇妙的结果

当你只是把蚱蜢的两只大眼睛贴起来时，蚱蜢很容易就从小纸盒剪开的那个小洞口里钻出来。而你再把它两眼之间隆起的部分一起贴住时，它就出不来了。

原来，蚱蜢的两只大眼睛是复眼，它由许多小眼组成，是蚱蜢的主要视觉器官。而两眼之间的隆起是它的单眼，主要分辨明暗光线。所以，在贴住复眼后，蚱蜢还是能找到出口爬出来，而把单眼、复眼全部贴住后，它就失去了分辨能力，无法钻出来了。

爱因斯坦告诉你

复眼

复眼由许多小眼组成。复眼中的小眼面一般呈六角形。小眼面的数目、大小和形状在各种昆虫中变异很大，雄性介壳虫的复眼仅由数只圆形小眼组成。每只小眼都由角膜、晶椎、色素细胞、视网膜细胞、视杆等构成，是一个独立的感光单位。轴突从视网膜细胞向后伸出，穿过基膜汇合成视神经。一些节肢动物的复眼中含有色素细胞，光线强时色素细胞延伸，只有直射的光线可以射到视杆，被视神经所感受，斜射的光线被色素细胞吸收，不能被视神经感受。这样，每只小眼只能形成一个像点，众多小眼形成的像点拼合成一幅图像。光线弱时，色素细胞收缩，这样通过每只小眼射入的光线，除直射的光线到达视杆，光线还可通过折射进入其他小眼，使

附近每只小眼内的视杆都可以感受相邻几只小眼折射的光线。这样在光线微弱时，物体也能成像。家蝇的复眼由 4000 只小眼组成，蝶、蛾类的复眼有 28000 只小眼。小眼面的大小，不但在不同种类的昆虫中不同。而且同一只复眼中不同部位的小眼面也可不同。如雄性牛虻，复眼背面的小眼面较大；有些毛蚊，其前后部小眼面的大小也不同，可划分为两个区域。这些变化与它们的生活习性等有关。

科学游戏

7、能拟态的生物

爱因斯坦的工具

几朵不同颜色的花朵

一只蜜蜂

一只蝴蝶

实验开始

1. 把新鲜花朵摆放在院子里。

2. 取出蜜蜂、蝴蝶。

3. 观察蜜蜂、蝴蝶落在不同颜色花朵上的次数。

奇妙的结果

你会发现，蜜蜂很多时候都是停留在黄色和白色花朵上，而红色花朵上只有蝴蝶会停留。这是为什么呢？

原来，红色的花朵只有蝴蝶才会看到，而蜜蜂是看不见红色的。在黑暗的森林中，红色、暗红色花朵不容易被发现，而白色和黄色等浅色花朵则非常明显，所以吸引蜜蜂等昆虫们。

爱因斯坦告诉你

生物的拟态

拟态是指一种生物在形态、行为等特征上模拟另一种生物，从而使一

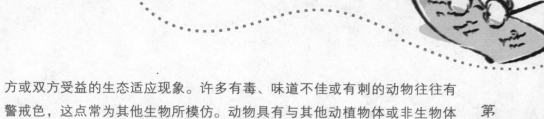

方或双方受益的生态适应现象。许多有毒、味道不佳或有刺的动物往往有警戒色，这点常为其他生物所模仿。动物具有与其他动植物体或非生物体相似的颜色、形态或姿势，称为拟态。

拟态在昆虫类中极为普遍，在脊椎动物和植物中也很常见。如蝇类和蛾类模仿蜜蜂和黄蜂，可逃避鸟类的捕食；一种适合捕食者口味的蝴蝶模仿另一种不适合口味或不可食的蝴蝶，亦能逃生；两种不适合口味的蝴蝶互相模仿，可共同分担被年幼鸟类在学习时误食所造成的死亡率；寄生鸟类（如杜鹃）的卵精确模拟被寄生鸟类的卵，可大大增加寄生的成功率；某些兰科植物的花

瓣在形状、颜色和多绒毛方面模拟某些雌蜂的外表，可吸引雄蜂与之"交尾"，而得到有利于为其授粉的结果。

拟态有一共同点：两个不同生物发出几乎相同的信号为另一生物所接收，接受者对双方采取同一反应，对被模仿者采取此反应，对于接受者有利；对模仿者采取此反应，则对于接受者可能无利。拟态的几方常处于同一地区，但也可能模仿者和被模仿者相距甚远，借迁徙候鸟（受骗者）而联系在一起。拟态有时与伪装现象不易区分，但伪装者常是模仿背景以免为接受者所察觉，而模仿者却意在引起受骗者的特定反应。

8. 变颜色的小生物

爱因斯坦的工具

三只青蛙

两个较大的透明玻璃瓶

两块较为稀薄的布

一张黑色的纸

一些清水

实验开始

1. 把三只青蛙中的一只放在原来的生活环境中。

2. 另外两只都放进玻璃瓶内，瓶中底部要留些清水。

3. 把两个玻璃瓶都用透气性好的薄布封住口。

4. 一个玻璃瓶用黑色的纸包裹住。

5. 另一个玻璃瓶放在阳光充足的地方。

6. 几天之后，取来三只青蛙进行对比。

奇妙的结果

你会发现，在原来生活环境中放养的青蛙颜色没有多大变化。用黑纸包裹的瓶中的青蛙颜色变得又黑又暗，而在光线充足下生活的青蛙颜色变得淡了许多。

原来，青蛙可以根据外界光线的变化，改变皮肤上的黑色素分布。在黑暗中生活时，青蛙表皮上的黑色素就会分散到整个皮肤上。而在光线充

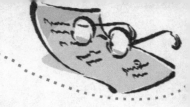

足的环境下，黑色素会慢慢聚集成一个个小黑点，所以大部分表皮看起来就非常淡了。这就是为什么在不同环境下，青蛙体色不同的原因。

爱因斯坦告诉你

变色龙的皮肤变色

变色龙的皮肤会随着背景、温度和心情的变化而改变。雄性变色龙会将暗黑的保护色变成明亮的颜色，以警告其他变色龙离开自己的领地；有些变色龙还会将平静时的绿色变成红色来威胁敌人，目的是保护自己，避免遭到袭击，使自己生存下来。

变色能躲避天敌，传情达意，类似人类语言。变色龙是一种"善变"的树栖爬行类动物，在自然界中它当之无愧是"伪装高手"，为了逃避天敌的侵犯和接近自己的猎物，它常在人们不经意间改变身体颜色，然后一动不动地将自己融入周围的环境中。变色龙变换体色不仅仅是为了伪装，另一个重要作用是能够实现同伴之间的信息传递，便于和同伴沟通，相当于人类的语言，表达自己的意图。

与其他爬行类动物不同的是，变色龙能够变换体色取决于皮肤表层内

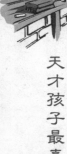

的色素细胞，在这些色素细胞中充满着不同颜色的色素。变色龙皮肤有三层色素细胞，最深的一层由载黑素细胞构成，其中细胞带有的黑色素可与上一层细胞相互交融；中间层由鸟嘌呤细胞构成，它主要调控暗蓝色素；最外层细胞则主要是黄色素和红色素。

科学游戏

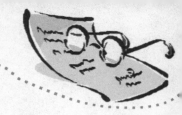

9. 断肢再生的动物

爱因斯坦的工具

几条泥鳅

一把剪刀

一些清水

一个水盆

实验开始

1. 拿出水盆，往里面倒入一些清水。
2. 把几条泥鳅分成两组。
3. 一组泥鳅用剪刀只剪掉它尾鳍上的尖端。
4. 另一组泥鳅则用剪刀从尾鳍根部剪掉尾鳍。
5. 把泥鳅放入水盆中。

奇妙的结果

每天进行观察和测量后，是不是发现泥鳅的尾鳍正在一点点地生长起来呢？而且，从尾鳍根部剪掉鳍的泥鳅的尾鳍再生速度会更快。这是什么原因呢？

原来，尾鳍是可以再生的。并且只剪尾鳍尖端的泥鳅因为有老旧组织，所以生长起来比较缓慢，而从根部剪掉尾鳍的泥鳅则新生组织较多，故而生长较快。

天才孩子最喜欢的科学游戏

科学游戏

生物的再生

机体的一部分在损坏、脱落或被截除之后重新生成的过程叫再生。很多低等动物都具有超强的再生能力。涡虫被切成许多段，每一部分都会再长成一个完整的个体。遇险时，壁虎会断尾求生，螃蟹则断肢弃螯，这些失去的部分经过一段时间后，都会再度生长出来，而且和原来的肢体有一样的功能。水螅的身体碎片能再生成完整的机体；龙虾失去一只螯还也可以再生出来；切除蝾螈的一条腿，它可以再生出新腿来。

海星的再生功能也很强。它的行动又笨又慢，常常会被鱼、鸟撕碎，它的这种本领就是它防御和繁殖的手段。它的再生能力非常强，以至于只要还有一个腕，过了几天就能再生出四个小腕和一个小口。再过一个月的时间，旧腕脱落，又再生一个小腕。于是，一个

五腕的海星得以重现。人们在海滨经常可以看到"断腿断臂"的海星，就是受过伤正在再生的海星。

把两条蚯蚓分别切去前端和后端，连接起来竟可长成一条新的蚯蚓。更有人别出心裁，在一条蚯蚓的前半部分并列接上两条蚯蚓的后端，这样一来，蚯蚓就长出了一个头两个尾巴。一到冬天，章鱼就潜入海底，为了生存，它开始吃自己的脚爪。直到把八只脚爪都吃完为止，然后就闭眼不动了。等到第二年春天，它又长出八只新的脚爪。

10、吸引猫咪的猫草

爱因斯坦的工具

　　一只猫或者一只狗
　　一些新鲜猫草

实 验 开 始

　　1. 拔一些新鲜长熟的猫草。
　　2. 把猫草放在猫或狗的嘴边。

奇 妙 的 结 果

　　很多时候你会发现，猫或狗会把猫草咬进嘴里嚼食起来。

　　原来，这是猫和狗的一种本能反应。它们把猫草吃进去，用以清理肠胃。像一些毛球、骨头碎渣等都会在猫草的帮助下排出体外。

爱因斯坦告诉你

猫草

　　猫草是多年生草本植物，高约 1 米，株型直立呈丛生状态，可分枝种植，形状类似薄荷，叶子比我们食用的薄荷叶大一点儿，发散出来的香气味道常吸引猫儿游嬉其间，因而得名。茎和叶有柔软的白色绒毛，叶灰绿色，有浓郁的薄荷香味，在冷凉地区，夏天（中夏至夏末）开紫白色的花，花可食用。因为猫喜欢吃，故又名猫薄荷。

猫草对猫的功用：帮助猫排出毛球，减少毛团积聚。猫猫吃了猫草后，猫草在胃内翻动，帮助吐出毛球。增加植物纤维，可以帮助消化及调理肠胃健康。补充维生素，猫草含有植物维生素 C 及叶绿素。舒缓肠胃不适，可帮助猫猫舒缓轻微的肠胃不适，如肚胀、胃气等。有助轻松减压，猫草含有荆芥内脂、麝香等化合物，其物质与母猫的尿所含有的物质相似，当猫吸入猫草的气味，猫猫的犁鼻骨的器官会产生反应，猫猫的鼻子会向上轻微扇动，嘴部会微微张开，猫会神志不清地在地上打滚或团团转，表现得很开心，并且会喵喵地大声叫，这种举动跟交配前后的举动相似。

第十章

无声的植物朋友

天才孩子最喜欢的科学游戏

科学游戏

1、植物身上的电流

爱因斯坦的工具

一节电池
两根电线
一棵草
一些胶条

实验开始

把两根电线分别连接在电池正负极上。
用胶条把连接处贴好。
两条电线的另一端分别接触在草上。
用手轻轻触碰草。

奇妙的结果

这时候，你感觉到了什么？是不是觉得手指麻麻的，像有细微的电流通过？

原来，植物也是能导电的。电池中的电流经过植物中的汁液传递到了手上，所以才会感觉麻麻的。下雨时，打雷闪电不要站在树下，其实就是这个道理。

爱因斯坦告诉你

什么是生物电

电早已经被人们熟知，并且在日常生活中，人们也越来越离不开电

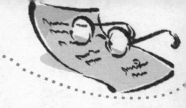

了，像电灯、电扇、电冰箱、电话、电视机，等等。另外，在冬天手冷了，只要双手互相使劲地搓就会产生电和热；若用一块毛皮擦一根金属棒，则在金属棒上会产生更多的电荷，此时用它碰碰小纸屑，小纸屑便可被吸引附着在金属棒上。

生物电现象是指生物机体在进行生理活动时所显示出的电现象，这种现象是普遍存在的。除了人体和动物，植物体内同样有电。为什么人的手指触及含羞草时，它便"弯腰低头"害羞起来？为什么捕蝇草会像机灵的青蛙一样捕捉叶子上的昆

虫？这些都是生物电的功劳。如含羞草的叶片受到刺激后，会立即产生电流，电流沿着叶柄以每秒14毫米的速度传到叶片底座上的小球状器官，引起球状器官的活动，而它的活动又带动叶片活动，使得叶片闭合。不久，电流消失，叶片又恢复原状。在北美洲有一种电竹，人畜都不敢靠近，一旦不小心碰到它，就会全身麻木，甚至被击倒。

一般情况下，植物体内的电都很微弱，不用精密的仪器是难以察觉到的。植物产生电流的原因很多，大多是在生理活动的过程中产生的。如把豆苗的根培植在氯化钾溶液中，氯化钾的离子就进入根内，钾离子在根内向尖端细胞集中，因此上部细胞内阴离子的浓度高，而根尖阳离子多，结果，电流就向阳极移动。

2. 变色的花朵

爱因斯坦的工具

四朵颜色一样的花

四个玻璃杯

一些清水

一些醋

一些糖

一些盐

实验开始

1. 往四个玻璃杯中倒入一些清水。

2. 保留一杯清水，其他三杯水中分别加入醋、糖和盐。

3. 把四朵颜色一样的花分别插入四个玻璃杯中。

奇妙的结果

　　四朵花的颜色最好是浅色的。观察一会儿，你会发现醋水中的花变得红了，而且随着时间的延长，颜色会变得更加红。而其他三个玻璃杯中的花基本上没有变色。

　　原来，花中含有一种"花青素"，这种色素在遇到酸性物质后会变成红色。另外这个游戏你也可以用肥皂水，你会发现，放在肥皂水中的花会变成蓝色。这也说明了"花青素"除了会和酸性物质发生反应外，与碱性物质也能发生反应。只不过前者是变成红色，而后者是变成蓝色。

什么是色素

色素也称为色阶，它是表示显示屏幕亮度强弱的指数标准，也就是我们说的色彩指数。食品的色彩是食品外观品质的一个重要因素。人们在制作食品时，常使用一种食品添加剂——食用色素。目前使用的食用色素，有天然食用色素和合成食用色素两大类。

从动物、植物组织以及矿物质中提取的微生物色素、植物性色素及矿物性色素等天然色素，其中可供食用的称为天然食用色素。在1850年英国人发明第一种合成食用色素苯胺紫之前，人们都是用天然色素来着色。合成食用色素成本低廉，色泽鲜艳，着色力强，对光、热、氧气和pH稳定，但它有一个大缺点，即具毒性。这些毒性源于合成色素中的砷、

铅、铜、苯酚、苯胺、乙醚、氯化物和硫酸盐，它们对人体均可造成不同程度的危害。

苏联在1968－1970年曾对苋菜红这种食用色素进行了长期动物试验，结果发现致癌率高达22％。美、英等国的科研人员在作过相关的研究后也发现，不仅是苋菜红，许多其他合成色素也对人体有伤害作用，可能导致生育力下降、畸胎等等，有些色素在人体内可能转换成致癌物质。科研人员说，合成色素是以煤焦油为原料制成的，通称煤焦色素或苯胺色素，对人体有害。危害包括一般毒性、致泻性、致突性与致癌作用。

世界各国尤其是西方发达国家不仅在色素对人体的健康影响方面作了大量调查和研究，而且在食用色素的管理、合成色素的使用方面均有严格的规定，多种合成色素已被禁止或严格限量使用。

我国对在食品中添加合成色素也有严格的限制：凡是肉类及其加工品、鱼类及其加工品、醋、酱油、腐乳等调味品、水果及其制品、乳类及乳制品、婴儿食品、饼干、糕点，都不能使用人工合成色素。只有汽水、冷饮食品、糖果、配制酒和果汁露可以少量使用，但是要严格控制用量。

目前我国批准使用的食用合成色素有六个品种，即苋菜红、胭脂红、柠檬黄、日落黄、靛蓝和亮蓝。虽然对这六种食用合成色素的危害性仍然没有定论，但它们没有任何营养价值，对人体健康也没有任何帮助，能不食用就尽量不要食用。

天才孩子最喜欢的科学游戏

科学游戏

3、喝水的水果

爱因斯坦的工具

一些樱桃

一些清水

一个水盆

实验开始

1. 取出水盆，放在桌子上。

2. 把清水倒进盆中。

3. 把熟透了的樱桃泡在水盆中。

奇妙的结果

过一段时间，水中浸泡的比较甜的较为成熟的樱桃就会裂开。这是为什么呢？

原来，水可以通过樱桃表皮细微的小孔进入到樱桃中，被樱桃吸收，但它本身所含有的糖分不会流失掉，这样就增加了樱桃本身的压力，使自身破裂。

爱因斯坦告诉你

樱 桃

蔷薇科梅属植物樱桃，以叶及核入药。夏采叶及果实，捡果核洗净、

晒干。樱桃属蔷薇科樱桃属植物，在中国作为果树栽培的樱桃有中国樱桃、甜樱桃、酸樱桃和毛樱桃四种。樱桃成熟期早，有"早春第一果"的美誉。

在水果家族中，一般铁的含量较低，樱桃却一枝独秀：每100克樱桃中含铁量多达59毫克，居于水果首位；维生素A含量比葡萄、苹果、橘子多4~5倍。此外，樱桃中还含有维生素B、C及钙、磷等矿物元素。每100克含水分83克，蛋白质1.4克，脂肪0.3克，糖8克，碳水化合物14.4克，热量66千卡，粗纤维0.4克，灰分0.5克，钙18毫克，磷18毫克，铁5.9毫克，胡萝卜素0.15毫克，硫胺素0.04毫克，核黄素0.08毫克，尼可酸0.4毫克，抗坏血酸3毫克，钾258毫克，钠0.7毫克，镁10.6毫克，另含丰富的维生素A。樱桃成熟时，颜色鲜红，玲珑剔透，味美形娇，营养丰富，医疗保健价值颇高，又有"含桃"的别称。常食樱桃可补充体内对铁元素的需求，促进血红蛋白再生，可防治缺铁性贫血，可增强体质，健脑益智；樱桃可以调中益气，健脾和胃，祛风湿，对食欲不振、消化不良、风湿身痛等均有益处。

4、不可小看的生长力

爱因斯坦的工具

一个透明的玻璃瓶

一些黄豆

一些清水

实验开始

1. 把干燥的黄豆放进玻璃瓶中，不要加入太满。

2. 往瓶中加满清水，盖上瓶盖。

3. 等到瓶中水被完全吸收后，再加入清水，再盖上瓶盖。

奇妙的结果

如果反复几次，几天后，你会发现豆子把玻璃瓶挤破了，豆子滚落了一地。

原来，豆子吸水之后体积会膨胀起来，产生了很大压力，这种压力足以使玻璃瓶破裂。

爱因斯坦告诉你

豆子的膨胀力

豆子在水中通过吸胀作用充分吸水后，使自己膨胀。植物组织中含有很多这类物质，如纤维素、果胶物质、淀粉和蛋白质等，它们具有很强的

亲水性，在未被水饱和时，就潜伏着很强的吸水能力。

最明显的例子是风干种子，因为其内贮存着大量蛋白质或淀粉。蛋白质与水结合的趋势大于淀粉，因此，豆类种子吸胀作用极为明显。吸胀物体由于吸附水分子而膨胀，其压力是很大的，如将干种子塞满岩石裂缝，借其吸水产生的吸胀压力能使岩石破裂。

植物吸收水分的方式有两种：吸胀作用和渗透作用。

吸胀作用是没有液泡的植物细胞吸收水分的方式，如生长点的细胞、干种子细胞等。原理是细胞中有大量亲水性物质，这些亲水性物质能够从外界吸收大量水分，活细胞、死细胞都能通过吸胀作用吸收水分。

渗透作用是具有液泡的成熟的植物细胞吸收水分的方式，原生质层具有选择透过性，原生质层内外的溶液存在着浓度差，水分子就可以从溶液浓度低的一侧通过原生质层扩散到溶液浓度高的一侧。溶液渗透压的高低与溶液中溶质分子的物质的量的多少有关，溶液中溶质分子物质的量越多，渗透压越高，反之则越低。

能够通过渗透作用吸水的细胞一定是一个活细胞。一个成熟的植物细胞是一个渗透系统。

5、吸收染料的植物

爱因斯坦的工具

一朵白色的花

一些黑色颜料

一些清水

一个玻璃杯

一把小刀

实验开始

1. 在玻璃杯中倒入一些清水。
2. 把黑色颜料放在水中搅拌均匀。
3. 把白色的花连花茎一起浸泡在黑色水中。
4. 一两天之后,拿出花,用小刀把茎部割开。

奇妙的结果

不一会儿,从茎部就会流出黑色的液体,像石油一样,并且白花也变成了淡黑色花。

原来,这一现象是植物用毛细管吸收水分形成的。当花变成黑色后,茎部也吸收了足够的黑色液体。所以,当割开花茎后,黑色水会流出来。

 爱因斯坦告诉你

植物是怎样吸收水分的

　　植物主要是通过根部吸收水分的，因此水的主要流向是自土壤进入根系，再经过茎到达叶、花、果实等器官，并经过它们的表面，主要是其上的气孔，散失到大气中去。土壤、植物、大气形成一个连续的系统。

　　由此看来，植物的根除了有固定植物的作用，还有吸收水分和溶解在水中的养料等作用。植物的根是植物主要的吸水器官，主要是靠渗透吸水的原理来吸收水分的。水分是从低浓度的一边流向高浓度的一边。也就是说，如果植物细胞液浓度低于外界土壤溶液的浓度，植物就通过渗透作用吸水，如果土壤浓度高于细胞液浓度，植物就通过渗透作用失水。因此，盐碱地不能种植植物。

　　水在生长着的植物体中含量最大。代谢旺盛的器官或组织含水量都很高。原生质只有在含水量足够高时，才能进行各种生理活动。各种生化反应都须以水为介质或溶剂来进行。水是光合作用的基本原料之一，它参加各种水解反应和呼吸作用中的多种反应。植物的生长，通常靠吸水使细胞伸长或膨大。例如，昙花一现，就是靠花瓣快速吸水膨大、张开。牵牛花清晨开放，日光曝晒后失水收缩。另外，有些植物只有失水时才能完成某些功能。例如，藤萝的果荚只有干燥时才能爆裂，使其中的种子迸出。蒲公英的种子成熟，失水后才会脱离母体，随风飘荡。

　　植物细胞中的水分，可分为自由水和束缚水。自由水是可以移动的。生理上活跃的组织中，大部分水是自由水。束缚水是通过氢键吸附于细胞中特别是膜上的蛋白质、多糖之上的水分子，成半晶体排列，密度比液态水大。在细胞壁微纤丝的纤维素和多糖胶体表面上，也有束缚水膜存在。

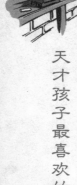
6. 水果上有你的名字

爱因斯坦的工具

一棵苹果树

一张不透明的纸贴

一把刻刀

实验开始

1. 挑选生长幼果时期的一棵苹果树。

2. 用刻刀在纸贴上刻出你的名字。

3. 把贴纸贴在苹果能直接接受阳光照射的那一面。

奇妙的结果

等苹果成熟之后，你摘下苹果，就会发现，苹果上长出了你的名字。

原来，苹果里含有叶绿素、叶黄素和花青素等种种色素。其中花青素跟酸性物质会发生反应产生红色，阳光照在苹果上，使得花青素频繁活动，使苹果慢慢变红，而被纸贴挡住的那一部分因缺少阳光的照射，花青素无法反应，所以保留着原来的颜色，看起来就像是长上了字。

爱因斯坦告诉你

什么是花青素

花青素是一种水溶性色素，可以随着细胞液的酸碱改变颜色。细胞液

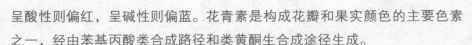

呈酸性则偏红，呈碱性则偏蓝。花青素是构成花瓣和果实颜色的主要色素之一，经由苯基丙酸类合成路径和类黄酮生合成途径生成。

影响花青素呈色的因子包括花青素的构造、pH 值、共色作用等。果皮呈色受内在、外在因子和栽培技术的影响。光可增加花青素含量，高温会使花青素降解。花青素为植物二级代谢产物，在生理上扮演重要角色。花瓣和果实的颜色可吸引动物进行授粉和种子传播，常见于花、果实的组织中及茎叶的表皮细胞与下表皮层。

花青素属于酚类化合物中的类黄酮类，以天竺葵色素、矢车菊素、花翠素、芍药花苷配基、矮牵牛苷配基及锦葵色素六种非配醣体为主。花青素因所带羟基数、甲基化、醣基化数目、醣种类和连接位置等因素而呈现不同颜色。颜色的表现因生化环境条件的改变而改变，如受花青素浓度、共色作用、液胞中 pH 值的影响。

自然界有超过 300 种不同的花青素。它们来源于不同种水果和蔬菜，如紫甘薯、越橘、酸果蔓、蓝莓、葡萄、接骨木红、黑加仑、紫胡萝卜和红甘蓝，颜色从红到蓝。这些花青素主要包含飞燕草素、矢车菊素、牵牛花色素、芍药花色素等。花青素广泛地应用在饮料、糖果、果冻和果酱中。

7、天然驱害虫法

爱因斯坦的工具

一头大蒜

一些清水

一个水盆

实验开始

1. 把大蒜剥皮并捣烂。
2. 往水盆中倒入一些水。
3. 把捣烂的蒜放在清水中浸泡几个小时。
4. 用喷壶装些浸泡液喷洒在花卉上。

奇妙的结果

两三天之后，你会发现，原本花卉上的害虫慢慢变得干瘪直至死亡。

原来，大蒜可以杀死虫卵，它浓烈的气味可以驱赶害虫，使它们不敢接近花卉。

爱因斯坦告诉你

植物的驱虫能力

炎炎夏日，正是蚊虫肆虐的季节，除了使用各种杀虫剂，其实有更健康的驱虫方式可供选择，那便是利用植物的驱虫能力，可以在室内养上一

些具有驱虫效果的植物。

具有驱虫效果的植物有以下几种：

夜来香，又名夜香树，原产美洲热带。叶片心形，边缘披有柔毛。每逢夏秋之间，在叶腋就会绽开一簇簇黄绿色的吊钟形小花。当月上树梢时，它即飘出阵阵清香，这种香味令蚊子害怕，是驱蚊佳品。

熏衣草，是一种蓝紫色的小花。原产地为地中海，喜干燥，花形如小麦穗，通常在 6 月开花。熏衣草本身具有杀虫效果，人们通常把熏衣草做成香包放在橱柜中，也有的把它放在卧室，用于驱蚊。

猪笼草，是典型的食虫植物，它长有奇特的叶子，并且顶端挂着一个长圆形的"捕虫瓶"，瓶口有盖，能开能关。猪笼草有几十种之多，种类不同，"捕虫瓶"的形状、大小和颜色也不一样。除了驱虫，猪笼草还可药用，对肝炎、胃痛、高血压和感冒等疾病有一定疗效。

天竺葵花团锦簇，丰满成球，南北各地都能适应。高温时节，摆放在室外树荫环境；寒冷时节，在明亮室内观赏。天竺葵具有一种特有的气味，这种气味使蚊蝇闻味而逃。

食虫草，是一种菊科草本植物，可长到一米来高，花小黄色，一株达数百只花头，各花头的外围有黏液，就像五根伸开的小手指，很有趣。只要有小蚊虫落在上面便被粘住，之后，虫子尸体被其慢慢消化作为其生长营养。若有灰尘掉落上面，数天后也被消化得无影无踪。在家中摆放一盆，捉蚊又吸尘。

8. 会跳舞的葡萄

爱因斯坦的工具

一个透明的玻璃杯

几颗葡萄

一瓶含有二氧化碳气体的纯净水

实验开始

1. 把含有二氧化碳的纯净水倒满玻璃杯。

2. 把葡萄慢慢放进水杯中。

奇妙的结果

葡萄进入水杯后，先是沉入杯底，然后神奇地上下跳动起来，就像跳舞一样。

原来，纯净水中的二氧化碳在倒入玻璃杯中后释放出来，它释放出许多小气泡，包裹住葡萄，使葡萄向上浮动，等到达一定高度后，小气泡破裂，葡萄再跌落杯底。可以如此反复进行好几回。

爱因斯坦告诉你

海底火山

海底火山是指形成于浅海和大洋底部的各种火山，包括死火山和活火山。

地球上的火山活动主要集中在板块边界处，而海底火山大多分布于大洋中脊与大洋边缘的岛弧处。板块内部有时也有一些火山活动，但数量非常少。

海底火山可分三类，即边缘火山、洋脊火山和洋盆火山，它们在地理分布、岩性和成因上都有显著差异。海底火山喷发时，在水较浅、水压力不大的情况下，常有壮观的爆炸，这种爆炸性的海底火山爆发时，产生大量气体，主要是来自地球深部的水蒸气、二氧化碳及一些挥发性物质，还有大量火山碎屑物质及炽热的熔岩喷出，在空中冷凝为火山灰、火山弹、火山碎屑。

据统计，全世界的活火山有 500 多座，其中在海底的有近 70 座，即海底活火山约占全世界活火山数量的 1/8。海底活火山主要分布在大洋中脊和太平洋周边区域。

大洋中脊在大洋中部，是屹立于洋底的大型山脉。它是海洋板块的生长点，是新洋壳产生的地带。大样板块物质从这里通过岩浆喷溢的形式不断产生，并向两侧朝大陆方向缓慢移动，逐渐固化和变老。大洋中脊是地壳最活跃的地带，当熔融岩浆经过地幔沿着裂谷喷溢时，就产生海底火山爆发。熔融岩浆冷却后，就在洋脊裂谷两侧出现新火山。

在大洋的边缘，特别是西太平洋的边缘，由于大洋板块较重，大陆板块较轻，大样板块俯冲到大陆板块之下，形成岛屿——海沟系列地形。岛弧往往有火山活动，有些在岛上喷发，有些在海底喷发。台湾岛和澎湖列岛就位于西太平洋的岛弧上，故有众多火山。

我国陆地上的火山已经有较多记载，如雷琼火山群、长白山火山、藏北火山及大同火山群等等。在我国海底，同样有火山存在。

9. 植物的向阳性

爱因斯坦的工具

一盆刚发芽的绿色植物
一个纸盒

实验开始

1. 把纸盒一侧开一个小孔。
2. 把准备好的植物连盆放进纸盒中。
3. 把纸盒放在阳光充足的房间内。
4. 隔几天之后观察植物生长情况。

奇妙的结果

过几天之后，你会发现纸盒中的植物已经从小孔中长了出来，或者正在努力向着小孔的方向生长。

原来，在植物细胞中有一种生长素，它们对于光线十分敏感，指挥着植物向着光线充足的方向生长。所以，纸盒中的植物才会发现小孔外的光线，并努力向着有光的地方生长。

爱因斯坦告诉你

植物的喜阴与喜阳

在植物大家庭中，有些植物喜阳，植物学家们叫它们阳生植物；而有

些植物是喜阴的。两者之间的区别，最为明显的部分要算叶片了。喜阳植物的叶片质地较厚而粗糙，叶面上有很厚的角质层，能够反射光线；气孔通常小而密集，叶绿体较小，但数量较多。植物之所以有的喜阳，有的喜阴，主要是由于阳光的直射、斜照和生长环境条件的不同造成的。喜阳植物有松、杉、杨、柳、槐、葡萄、三角梅、石榴、紫藤、太阳花、天竺葵等，一般的农作物麦子、水稻等基本上都是喜阳的。

喜阴植物也称"阴生植物"、"阴性植物"。要求在适度隐蔽的条件下方能生长良好，不能忍耐强烈的直射光线，生长期间一般要求有50%～80%隐蔽度的环境条件。它们多生长于林下及阴坡，常见的大部分为蕨类、兰科、苦苣苔科、凤梨科、天南星科、竹芋科及球海棠

科等室内观叶植物。喜阴植物叶子构造一般是叶大而薄，角质不发达，叶肉细胞和气孔比较少，有利于在荫蔽的环境下生长，对微弱的阳光也能吸收和利用。一般来说长得比较矮小、叶子比较宽长的是喜阴植物。比较高大的、叶子小的是喜阳植物。人参、三七、胡椒、云杉、冷杉、玉簪等都是喜阴的；兰草、杜鹃、茶花是半阴半阳植物。

10. 仙人掌的妙用

爱因斯坦的工具

一片仙人掌

一杯浑水

一把小刀

实验开始

1. 拿出仙人掌，将其放在桌面上。

2. 用小刀在仙人掌上划出几道口子。

3. 用力挤出仙人掌中的汁液。

4. 拿起仙人掌，将其放在浑水中搅拌几分钟。

奇妙的结果

你会发现，搅拌的过程中，水中出现了蛋花状的沉淀物，停止搅拌后，沉淀物会沉入杯底，而原来混浊的水竟然变得干净了。

原来，仙人掌的汁液有净化的作用，是天然的净化剂，能净化水中的脏物。

爱因斯坦告诉你

仙人掌

仙人掌大多生长在干旱的环境里。有的呈柱形，高 10 多米，重量约两

三万斤，巍然屹立，甚为壮观。一些长着棘刺的仙人球，有的寿命高达五百年以上，可长成直径两三米的巨球。人们劈开它的上部，挖食柔嫩多汁的茎肉解渴充饥。

仙人掌类植物有一种特殊的本领，在干旱季节，它可以不吃不喝地进入休眠状态，把体内的养料与水分的消耗降到最低程度。当雨季来临时，它们又非常敏感地"醒"过来，根系立刻活跃起来，大量吸收水分，使植株迅速生长并很快地开花结果。有些仙人掌类植物的根系变成胡萝卜状，可贮存七八十斤水分。曾经有人把一个仙人球包在干燥的纸袋里放了两年多，尽管有些皱缩，但一种到盆里，浇水后又很快长出了新根，并恢复生长。仙人掌以它那奇妙的结构、惊人的耐旱能力和顽强的生命力，受到人类的赏识。

仙人掌表面有层蜡质，叶子也进化成了针状，减少了水分蒸发。它进化了肉质组织、蜡质皮肤和尖尖的刺，还有专业化的根系，使它们在艰苦的生态环境下能具备全部的生长优势。树干充当水库，根据其蓄水的多少可以膨胀和收缩。皮上的蜡质保护层可保持湿气，减少水分流失。尖尖的刺可防止口渴的动物把它当成免费饮料。

它们通常发展众多的浅根，只扎在地表下一点点，根系分布能扩展到它周围的几米，以尽可能地吸收水。当下雨时，仙人掌会发出更多的根。当干旱时，它的根会枯萎、脱落，以保存水分的供应。

11、褪色的叶子

科学游戏

爱因斯坦的工具

一个大烧杯

一个小烧杯

一些清水

一些酒精

几片绿叶

实验开始

1. 把绿叶放在小烧杯中。

2. 再把小烧杯放进大烧杯中。

3. 大小烧杯中各加入一些清水。

4. 加热大烧杯。

5. 把小烧杯中的水倒出，再倒入一些酒精。

6. 继续加热。

奇妙的结果

　　大小烧杯中全是清水时，加热后没有任何反应。当把小烧杯中的水换成酒精时，你会发现，绿色的叶子变成了白色，而酒精却成了绿色。这是为什么呢？

　　原来，绿叶中含有叶绿素，而叶绿素难溶于水，却能溶于酒精中，所以，当绿叶在水中加热时没有反应，在酒精中却变成了白色。这是叶绿素溶解在酒精中的缘故。

 爱因斯坦告诉你

酒　精

酒精是一种无色透明、易挥发、易燃烧、不导电的液体。有酒的气味和刺激的辛辣滋味，学名是乙醇。能与水、甲醇、乙醚和氯仿等以任何比例混溶。与水能形成共沸混合物，共沸点是 78.15℃。乙醇蒸气与空气混合能引起爆炸。酒精在 70% 时，对细菌具有强烈的杀伤作用，也可以作为防腐剂、溶剂等。

一定浓度的酒精溶液，可以作防冻剂。酒精还可以代替汽油作燃料，是一种可再生能源。

当有人发烧时，可以用酒精擦拭身体，借酒精的挥发作用带走体表的热量而使体温降低，即物理降温。用酒精擦拭降温时，在操作方式上以滚动按摩手法为好，即用一块小纱布浸蘸 75% 酒精，置于擦拭的部位，先用手指擦，然后用掌部作离心式环状滚动，边滚动边按摩，使皮肤毛细血管先收缩后扩张。在促进血液循环的同时，使机体的代谢功能相应加强。

酒精很多时候也用在工业上，是基础的工业原料，其产品主要用于食品、化工、军工、医药等领域。近年来，在原油价格持续高位运行的刺激下，燃料乙醇的旺盛需求推动全球酒精产量强劲增长，美国超越巴西成为

第一大酒精生产国。美国、巴西、欧盟及中国是当前全球酒精行业的主要经济体。

　　中国酒精工业的发展已有近百年的历史，但工业基础现在还较为薄弱。目前，黑龙江、吉林、山东、安徽、河南、广西等地酒精制造业较为发达，是酒精的主要产区。